1.

Freitagmorgen, halb sieben. Befinde mich in einer Tiefe von 10.000 *Gähn*. Also am tiefsten Grund des Schlafozeans. Alle bisherigen Auftauchversuche sind gescheitert. Meine fünf Wecker klingeln vergeblich. Weitere Maßnahmen sind zwecklos. Muss leider für immer hier unten bleiben. Kümmert euch nicht um mich. Bestellt meinen Eltern Grüße. Hab sie lieb. Muss aber für immer weiterschlafen.

*Wie tief jemand schläft, wird bekanntlich in **Gähn** gemessen. 1.000 Gähn sind ein **Schnarch.** Und 1.000 **Schnarch** sind ein **Grunz.***

2.

Plötzlich steht meine Mom vor meinem Bett. Sie schreit, keift und motzt, als würde sie sich gleich in ein Kaiju-Monster verwandeln. Dann beschleunigt sie meinen Auftauchvorgang aus dem Schlafozean, und zwar auf die brutale Tour:

1. Sie schaltet meine fünf Wecker ab (einen wirft sie sogar an die Wand).

2. Sie reißt mir die Decke runter. Ich fühle mich schutzlos wie ein Nacktmull.

3. Sie schreit: »Felix! Was ist nur los mit dir? Willst du dein restliches Leben im Bett verbringen?«
   »Ist das eine Option? Dann gerne.«
   »Steh! Sofort! Auf!«

4. Mom gibt ein Geräusch von sich, bei dem sogar eine Zombie-Armee freiwillig ins Reich der Toten zurückkehren und Trauerkränze häkeln würde. Dann zischt sie mit einer rasiermesserscharfen Stimme: »Du hast es nicht anders gewollt, Felix.«

Jakob Musashi Leonhardt

CHILLEN MACHT DEN MEISTER

Ein genialer Chaot startet durch

Mit Illustrationen
von Fréderic Bertrand

Arena

Arena

Ein Verlag der westermann GRUPPE

MIX
Papier aus verantwortungsvollen Quellen
FSC® C110508

Erstausgabe im Taschenbuch
1. Auflage 2021

Rottendorfer Str. 16, 97074 Würzburg

Dieses Werk wurde vermittelt durch die Literarische Agentur
Thomas Schlück GmbH, 30161 Hannover

Einband- und Innenillustrationen: Fréderic Bertrand
Covergestaltung: Irina Smirnov

Gesamtherstellung: Westermann Druck Zwickau GmbH
Printed in Germany

ISSN 0518-4002
ISBN 978-3-401-51206-8

Besuche den Arena Verlag im Netz:
www.arena-verlag.de

5. Mom zieht ab. Habe ich etwa gewonnen? Juchhuuuuuu …

6. Sekunden später ist Mom wieder da und pfeffert mir ein klatschnasses Handtuch ins Gesicht. »Das wird dir hoffentlich eine Lehre sein. Und jetzt STEH ENDLICH AUF!«

7. Mom verschwindet aus meinem Zimmer und stößt dabei ein siegessicheres Lachen aus.

Das Lachen sollte sie sich lieber sparen. Sie kennt mich schließlich. Ich drehe mich um, ziehe mir das klatschnasse Handtuch über den Rücken. Ist zwar nicht so kuschelig wie meine Decke. Geht aber auch. Und schon tauche ich wieder in eine Tiefe von 1.000 *Gähn* ab.

3.

Habt ihr euch auch schon einmal gefragt, welcher Superheld ihr gerne wärt? Meine Antwort steht fest. Ich möchte nicht Spiderman, Antman oder Batman sein. Nein, ich wäre am liebsten Faultier-Man. Den habe ich mir selbst ausgedacht. Faultier-Man besiegt seine Gegner, indem er sich soooo laaaaangsam bewegt, dass sie vor Langeweile sterben. Er kann sich sogar so zeitlupenmäßig langsam bewegen, dass er unsichtbar wird (weil seine Gegner ihn nicht für einen Superhelden, sondern für einen Gegenstand halten. Einen Baum zum Beispiel). Faultier-Man gewinnt jede Verfolgungsjagd, weil die Gegner gar nicht merken, dass er überhaupt hinter ihnen her ist. Und er ist im Zweikampf unbesiegbar, weil er zu jedem Kampf zu spät kommt – und wer nicht kämpft, kann logischerweise auch nicht verlieren.

Ihr merkt schon: Langsam ist das neue Schnell! Es funktioniert. Ich weiß, wovon ich rede.

Im Alltag kann es echt hilfreich sein, eben nicht schnell, sondern ziiieeemlich langsam zu sein. Zum Beispiel, wenn meine Eltern wollen, dass ich die Spülmaschine ausräume. Ich lasse mir dabei so viel

Zeit, dass meine Mom wahnsinnig wird, wenn sie mir zusieht. Am Ende macht sie es lieber selbst. Oder wenn ich den Rasen mähen soll – das dauert so lange, dass der Rasen schneller wieder nachwächst, als ich ihn mähe. Also macht es mein Dad doch lieber selbst. Oder wenn ich mit meiner Schwester Jenny Weihnachtsgeschenke für Oma und Opa basteln soll. Bevor ich auch nur damit angefangen habe, ist Weihnachten längst vorbei und Ostern steht vor der Tür. Also macht sie es lieber alleine und ärgert sich schwarz, wenn ich behaupte, dass die Geschenke von uns beiden kommen …

Ab und zu aber ist es ungünstig, Faultier-Man zu sein. Dann verwandele ich mich doch lieber in Flash oder Quicksilver. Ihr wisst schon, das sind beides Superhelden (oder Mutanten), die sich so irre schnell bewegen können, dass die Welt um sie herum wie in Zeitlupe dahinzuschleichen scheint.

Genau diese Verwandlung lege ich auch an diesem Morgen hin. Liege noch mehr oder weniger am Grund des Schlafozeans, als mir plötzlich siedend heiß etwas einfällt. Heute Abend steigt die Party aller Partys bei meiner Mitschülerin Anna Çelik. Annas Partys sind legendär. Ich muss dahin. Erstens sowieso und zweitens wegen Delphine, der französischen Austauschschülerin, die im Moment auf unsere Schule geht. Delphine hat dem Wort *süß* eine neue Bedeutung verliehen!

Sie ist einfach … eine Sensation. Vielleicht geht da heute Abend etwas?

Dummerweise habe ich aber im Moment Stubenarrest, und zwar noch bis einschließlich Sonntag. Wenn ich auf die Party will, müssen meine Eltern mich also begnadigen. Genau darum darf ich sie auf keinen Fall gegen mich aufbringen. Nicht heute! Muss für gute Stimmung sorgen!

Ich reiße die Augen auf, werfe das nasse Handtuch von mir, springe aus dem Bett, hüpfe in meine

Klamotten, putze mir turbomäßig die Zähne, renne die Treppe runter, decke den Tisch, koche Tee und Kaffee, toaste Brotscheiben, stelle Käse, Aufschnitt, Marmelade und meine geliebten Honey Pops auf den Tisch.

Dann flöte ich mit fröhlicher Guten-Morgen-Stimme: »Mo-om! Da-ad! Je-eny! Früh-hü-stück! Wann ko-ommt ihr endlich?! Ich warte auf eu-euch!«

4.

Mom, Dad und Jenny kommen in die Küche. Anstatt sich über den gedeckten Frühstückstisch zu freuen, sehen sie mich misstrauisch an. Sie fragen sich, welcher seltsame Zaubertrick hier am Werke sein könnte. Gerade eben habe ich noch im Bett gelegen und doppelgeschnarcht. Und keine dreißig Sekunden später sitze ich fertig angezogen in der Küche und esse gut gelaunt meine erste Schale Honey Pops.

Alle setzen sich an den Tisch. Dad sagt zu Mom: »Du hast die Wette gewonnen, Schatz. Felix ist tatsächlich vor zehn Uhr morgens aufgestanden. Ich habe nicht daran geglaubt, dass wir das noch einmal erleben.«

Mom zuckt lächelnd mit den Schultern. »Ich kann es selbst kaum glauben. Muss an dem nassen Handtuch liegen. Oder, Felix?«

»Klar, Mom. An dem nassen Handtuch. Und daran, dass ich es eingesehen habe. Ich kann nicht immer zu spät zur Schule kommen. Geht gar nicht. Damit ist es endgültig vorbei. Ab jetzt bin ich immer pünktlich. Schließlich möchte ich gute Noten haben und ein Vorbild für meine Mitschüler sein. Ich möchte ein Sohn sein, auf den seine Eltern stolz sein können!«

Mom und Dad rutschen daraufhin vor Lachen unter den Tisch.

Als sie wieder sitzen, sage ich: »Ich meine es ernst! Außerdem ist doch heute Abend die Party bei Anna! Da muss ich einfach hin! Bitte erlasst mir die letzten Tage Stubenarrest! Biddebiddebidde!«

Meine Eltern werfen sich einen vielsagenden Blick zu, dann sagt Mom: »Tja, Felix, so einfach ist die Sache leider nicht. Schließlich hast du deine Strafe aus gutem Grund bekommen. Du hast das Haus unserer Nachbarn besprüht.«

»Danach sah es besser aus als vorher.«

Dad lacht. »Das finden wirklich alle. Sogar unsere Nachbarn selber!«

Seebacher-Möchels, die nebenan wohnen, hatten ihr Haus in einem strampelanzugmäßigen Babyblau gestrichen. Für meinen besten Freund Musti und mich war das eine Art Einladung. Wir haben unsere Sprayer-Ausrüstung genommen und ihnen eines Nachts eine Palmeninsel, einen Sonnenuntergang und ein paar coole Surfertypen auf die Fassade gesprayt. Blöderweise saß ich am nächsten Morgen mit braunen, grünen und gelben Farbresten an den Fingern am Frühstückstisch. Leugnen war zwecklos. Die Folge: drei Wochen Stubenarrest.

Mom und Dad tuscheln miteinander. Dann nicken sie mir aufmunternd zu. Dad erklärt: »Also gut, Felix. Wir heben den Stubenarrest auf. Allerdings nur zur Bewährung. Das bedeutet, du darfst heute Abend auf die Party gehen. Aber wehe, du stellst wieder etwas an! Dann steckst du doppelt und dreifach in Schwierigkeiten. Haben wir uns verstanden?«

»Klar und deutlich, Sir! Danke, Sir!«

Meine Eltern blicken mich an und der sanfte Zweifel in ihren Gesichtern ist nicht zu übersehen. Sie kennen mich. Genauso wie ich mich selbst kenne.

Die Wahrscheinlichkeit, dass ich doch wieder irgendeinen Unsinn anstelle, liegt bei 99,9 %.

Andererseits bedeutet es, dass es mit 0,1 % Wahrscheinlichkeit gut geht. Das ist doch schon einmal etwas!

5.

Eine halbe Stunde später sause ich auf meinem Mountainbike in Richtung Schule. Der Stubenarrest ist aufgehoben! Bin also nicht länger in Ketten gelegt und darf heute Abend auf Anna Çeliks Party. Zwischen Delphine und mir wird es funken – und zwar so etwas von blitzmäßig, dass man damit ein Gewitter-Kraftwerk betreiben könnte!

Fühle mich so leicht und befreit, als würde ich nicht auf meinem Fahrrad, sondern auf einem Science-Fiction-mäßigen Schwebegleiter sitzen. Flitz und Doppelflitz!

6. harrharr!

Kurz darauf pflüge ich turbomäßig durch das große Schultor. Lege dabei den üblichen Riesenslalom zwischen meinen Mitschülern hin. Schlitter und Doppelschlitter! Kreisch und Doppelkreisch!

Plötzlich schiebt sich ein mächtiges Hindernis in meinen Weg. Es ist ungefähr zwei Meter groß, hat eine Statur wie der unglaubliche Hulk (ist allerdings nicht ganz so grün) und sieht mich drohend an.

Es ist Herr Brüll-Lafer, unser Sportlehrer. Wir nennen ihn immer nur Herrn Brüllaffe. Wir glauben, dass er die Synchronstimme von King Kong war, in der Verfilmung von Peter Jackson. Offenbar hat Brüllaffe heute Morgen Schulhofaufsicht. »Halt, Felix! Du weißt, dass du auf dem Schulhof nicht Fahrrad fahren daaaaa…«

Brüllaffes Drohung geht in einem Gurgeln unter. Kein Wunder! Lege schließlich erst im letzten Moment eine rasante Vollbremsung hin! Quietsch und Doppelquietsch! Mein Hinterrad blockiert, ich bekomme Schlagseite, fange mich ab – und komme drei Zentimeter vor Brüllaffes Füßen zum Stehen.

Der arme Kerl hat den Schreck seines Lebens. Mit schweißnasser Stirn und kugelrunden Rinderwahnsinnsaugen sieht er mich an. »Fe... Fe... Felix! Das melde ich dem Di... Di... Direktor! Du bist ja ge... ge... gemeingefährlich!«

Ich setze mein süßestes Hab-alle-Lehrer-lieb-Lächeln auf. »Aber Herr Brüllaff... Brüll-Lafer. Es gibt doch gar nichts zu melden. Sie haben gesagt, ich soll anhalten – und zack, halte ich an! Sie haben mich ans Fahrradfahrverbot erinnert! Dafür bin ich Ihnen zutiefst dankbar! Sie haben mich auf den rechten Weg zurückgeführt. Das ist toll. Wenn Sie mich trotzdem zum Direktor bringen wollen, gerne, ich werde ihm sagen, dass kein Lehrer so ein guter Schulhofaufseher ist wie Sie! Absolut super! Vorbildlich! Sie könnten locker auch als Gefängniswärter arbeiten! Bewundernswert!«

Brüllaffe starrt mich kopfschüttelnd an. Dann seufzt er und sagt: »Felix, Felix, Felix ... wo soll das nur mit dir enden?!«

Von den vielen Merkwürdigkeiten in meinem Leben ist das eine der merkwürdigsten: Die meisten Erwachsenen nennen mich nicht einfach nur Felix. *Stattdessen sagen sie meinen Namen immer gleich dreimal hintereinander:* Felix, Felix, Felix ... *oft gefolgt von einem* Ts, ts, ts ... *Wie kommt das nur?*

Will Brüllaffe gerade eine süßsaure Antwort geben. Aber plötzlich bringe ich kein Wort mehr heraus. Liegt daran, dass *sie* gerade an uns vorbeigeht. Delphine. Sie trägt ein geblümtes Sommerkleid und bei jedem Schritt wippen ihre Locken hin und her. Ich fühle mich, als würde ich mit Helium aufgepumpt – um dann als menschlicher Luftballon vom Boden abzuheben! Völlig überirdisch. Sie ist einfach ein Traum! Ein Lottogewinn! Das Mädchen aller Mädchen!

Übrigens geht Delphine immer weiter, was dazu führt, dass ich meinen Hals um ungefähr 270 Grad verdrehe. Anatomisch unmöglich. Aber die Liebe macht bekanntlich alles möglich ...

Als Brüllaffe allerdings

wieder etwas sagt, ruckt mein Hals zurück in seine korrekte Position. Boing und Doppelboing.

»Felix? Alles in Ordnung mit dir? Du siehst ... blass aus.«

»Hatte nur gerade eine Erscheinung. Habe einen Engel gesehen.«

»Einen Engel?«

»Vergessen Sie es, Herr Brüllaffe. Muss jetzt übrigens zum Unterricht. Schönen Morgen noch!«

Flitze slalommäßig weiter. Brüllaffe braucht eine Sekunde, um sich aus seiner Erstarrung zu lösen. »Felix! Ich heiße Brüll-Lafer! Nicht Brüllaffe! Außerdem ist Fahrrad fahren auf dem Schulhof verbooo... ach, was soll's. Du machst ja doch, was du willst.«

7.

Es gibt verschiedene Arten, wie man verliebt sein kann. *Voll verliebt* und *halb verliebt,* zum Beispiel. Der Unterschied ist nicht so kompliziert.

Voll verliebt bist du, wenn du bei jedem Atemzug, jedem Herzschlag, jedem Fußjucken und jedem Nasekratzen an das eine Mädchen oder den einen Jungen denken musst.

Halb verliebt hingegen bist du, wenn du den ganzen Tag an irgendetwas denkst, dir am Abend beim Zähneputzen aber zufällig einfällt: »Ach stimmt, bin ja verknallt. Hab ich doch glatt vergessen …«

Beides hat Vor- und Nachteile. *Voll verliebt* ist wie Panik, aber in schön. Ist aber auch total anstrengend. *Halb verliebt* ist eher langweilig, kostet dafür aber nicht so viel Kraft.

Außerdem gibt es *nah verliebt* und *fern verliebt.* Das ist im Moment mein Problem.

Nah verliebt bist du, wenn du das Mädchen, um das es

geht, gut kennst. Du bist befreundet mit ihm, verbringst Zeit mit ihm – und so ganz nebenbei bist du außerdem noch total verliebt.

Das hat so seine Tücken.

Aber es ist nichts im Vergleich zu *fern verliebt.* Denn das bedeutet, dass du mit dem Mädchen, um das es geht, noch nie ein Wort gewechselt hast. Sie weiß nicht einmal, dass es dich überhaupt gibt. Trotzdem weißt du, dass sie die eine ist, ohne die dein ganzes Leben keinen Sinn hat.

So geht es mir im Moment mit Delphine.

Sie weiß nicht, wer ich bin.
Sie weiß nicht, wie ich heiße.
Sie weiß nicht einmal, dass ich existiere.

Trotzdem schmelze ich jedes Mal Eiscreme-in-der-Sonne-mäßig dahin, wenn ich sie sehe.

Darum ist die Party heute Abend ja so wichtig. Denn danach wird hoffentlich alles anders sein.

8.

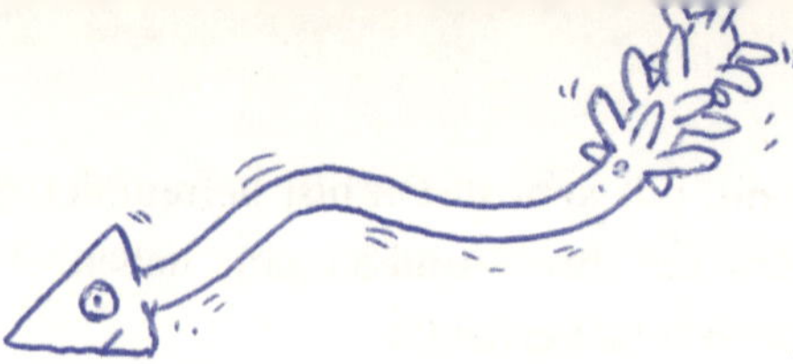

Stehe immer noch wie erstarrt vor den Fahrradständern, als mich plötzlich eine Stimme aus meinen Träum-von-Delphine-Gedanken reißt. »Ey, Checker. Was los? Hat dich Prinzessin Elsa *frozen* gemacht oder was? Stehst da wie Salzsäure.«

»Es heißt Salz*säule.* Nicht Salz*säure«,* erkläre ich. Gleichzeitig erscheint ein Ohr-zu-Ohr-Grinsen auf meinem Gesicht. Vor mir steht niemand anderes als mein bester Freund Musti.

Er grinst ebenfalls. »Egal oder was? Mach dich flüssig, Gringo. Müssen los. Unterricht fängt an.«

Musti heißt eigentlich Mustafa und ist genauso alt wie ich. Er besteht aus gut zwei Zentnern Körpermasse, die er durch die tägliche Gabe von jeder Menge Schokoriegeln, Döner, Kuchen und anderen Kalorienbomben in Form hält. Er ist der beste, treueste, witzigste Freund, den man sich nur wünschen kann.

»Unterricht? Als wenn mich das interessieren würde! Stell dir vor, ich habe *sie* gesehen. *Sie* ist direkt an mir vorbeigegangen. Und *sie* hat gelächelt!«

»Die Barracuda-Tante?«

»Wieso Barracuda? Sie heißt Delphine!«

Musti grinst wie ein Halloween-Kürbis. »Meine ich doch, irgendwas mit Fischen.«

»Sie ist ein Engel, Musti! Ich war noch nie so verliebt wie in sie. Noch nie!«

Musti winkt ab. »Genauso wie damals bei Charlene, richtig? Oder bei Nina Kamphagen? Bei Marie? Azra? Lena? Bente? In all die Girls warst du auch jedes Mal so verliebt wie noch nie!«

»Pah. Das war etwas anderes. Bei Delphine weiß ich, dass sie die Richtige für mich ist! Sogar die Doppelrichtige!«

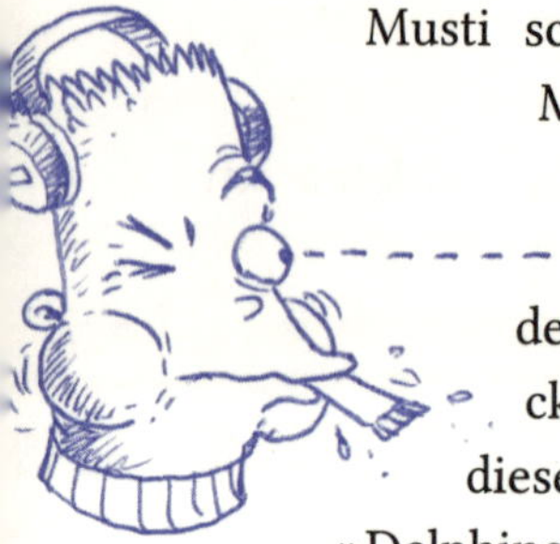

Musti schiebt sich einen Schokoriegel in den Mund, kaut drauf rum und zieht dann die Verpackung aus dem Mund. Macht er immer so. Dabei sieht er mich nachdenklich an. »Mal echt jetzt ehrlich, Checker. Du hast noch kein einziges Wort mit dieser Makrele gewechselt, oder?«

»Delphine! Sie heißt Delphine!«

»Dann halt Delphine ... jedenfalls habt ihr noch nie miteinander geredet. Woher willsu wissen, dass sie *the one* ist?!«

Ich seufze und erkläre: »Okay, du hast recht. Es kann sein, dass ich mich täusche. Darum ist die Party heute Abend bei Anna so wichtig. Delphine kommt nämlich auch. Endlich kann ich mit ihr quatschen. Oder tanzen. Oder knu… na, mal sehen, was so passiert. Jedenfalls ist heute Abend meine große Chance!«

Musti seufzt und sagt: »Wennu mich fragst, bissu nicht voll, halb, nah oder fern verliebt, du bist bekloppt verliebt!«

»Verliebt ist immer bekloppt. Geht nicht anders.«

»Stimmt auch wieder. Und jetzt komm. Müssen wir vor der Pause wenigstens für 'ne Minute in den Klassenraum!«

9.

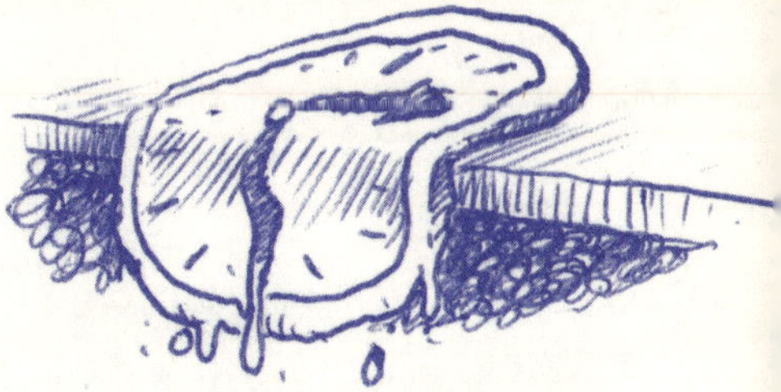

In der ersten Stunde haben wir Physik bei Herrn Goltz. Es geht um Albert Einstein und die Relativitätstheorie. Der berühmte Physiker hat herausgefunden, dass Zeit relativ ist. Ob eine Stunde wirklich eine Stunde ist, hängt zum Beispiel davon ab, wie schnell sich jemand bewegt.

Die ganze Klasse stöhnt und meint, dass man das alles unmöglich kapieren kann, wenn man nicht einen IQ von 1.000 oder so hat.

Ich hingegen finde es gar nicht so kompliziert. Weil, man erlebt es jeden Tag. Eine normale Schulstunde ist ein gutes Beispiel. Die 45 Minuten gehen normalerweise schnell herum. Ein bisschen Youtube-unter-der-Bank-Gucken, ein kurzes Nickerchen, eine kleine Klopperei in der letzten Reihe ... und schon klingelt es und der Unterricht ist vorüber. So ist es normalerweise. Heute aber ist es anders.

Als es endlich klingelt, fühle ich mich um Jahre gealtert. Das liegt auch an der Relativität der Zeit. Während auf der Erde nur 45 Minuten vergangen sind, sind es hier im Klassenraum Ewigkeiten gewesen. Stöhn und Doppelstöhn!

Einstein für Anfänger

Je mehr du dich auf etwas freust, desto länger dauert die Zeit ***davor.*** *Je mehr Spaß etwas macht, desto schneller vergeht die Zeit* ***dabei.*** *Und je ätzender etwas ist, desto kaugumminöser wird die Zeit* ***währenddessen.***

1 h Playstation (real) = 5 Min. (gefühlt)

5 Min. Zahnarztstuhl = halber Tag (gefühlt)

1 h Hausaufgaben = 5 Min. (gefühlt) (weil du in Wirklichkeit Playstation spielst)

Eins steht jedenfalls fest. Wenn du weißt, dass du am Abend das Mädchen triffst, in das du verliebt bist, vergeht die Zeit bis dahin seeeehr, seeeehr langsam. Schätze also mal, dass Einstein gar nicht so schlau war. Er war einfach nur verknallt.

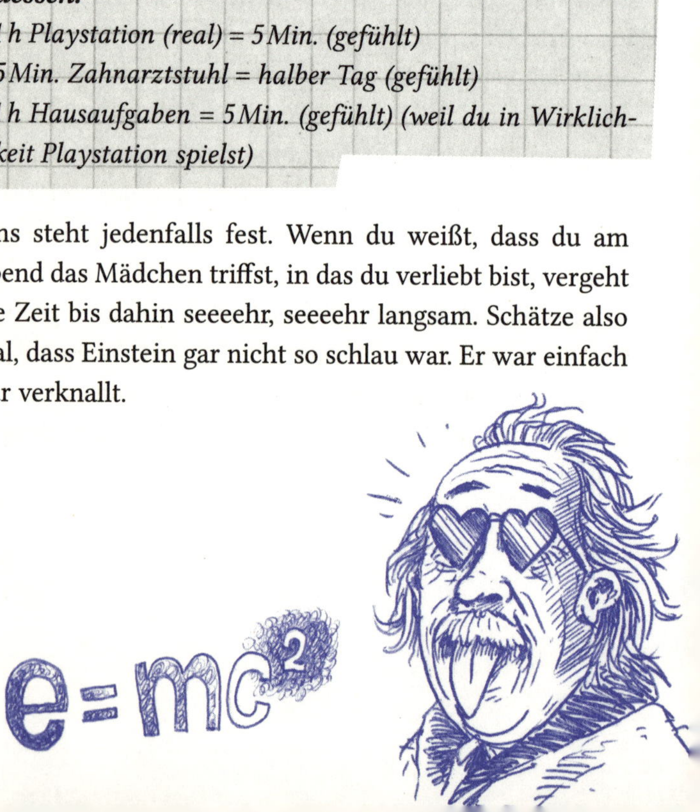

10.

Schule ist aus! Nur noch wenige Stunden bis zur Party! Bin so gut gelaunt, dass ich mit meinem Mountainbike nicht fahre – sondern auf dem Hinterrad nach Hause hüpfe!

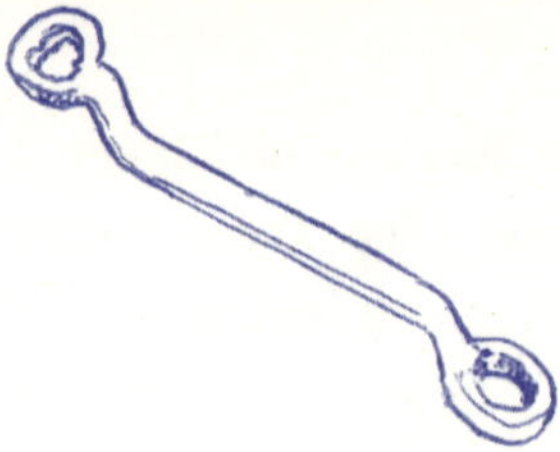

11.

Zu Hause angekommen, will ich sofort auf mein Zimmer gehen. Muss erst einmal ’ne Runde auf meinem Bett abhängen. Danach ist Styling für die Party angesagt. Jede Menge zu tun, also.

Blöderweise entdecke ich einen Zettel, den meine Eltern für mich auf den Küchentisch gelegt haben.

Es ist eine Liste mit lauter Dingen, die ich erledigen soll:

- Spülmaschine ausräumen
- Wohnzimmer staubsaugen
- die Werkzeugkiste im Keller sortieren
- Pflanzen gießen
- unseren Hund Kacki ausführen

Ganz unten auf dem Zettel steht:

Denk dran, was du versprochen hast, Felix! Wir können deinen Stubenarrest jederzeit wieder aktivieren. Love, Mom & Dad

Ich überlege, ob ich den Zettel in Hundefutter tunke und Kacki gebe. Dann könnte ich mit reinem Gewissen erklären, dass ich nie eine Nachricht bekommen habe, weil der Hund sie aufgefressen hat.

Aber ist das eine Lösung? Eher nicht. Schließlich werde ich nach heute Abend endlich wieder eine Freundin haben. Nämlich Delphine. Wäre extrem uncool, wenn ich ihr erklären müsste, dass wir uns leider erst in drei Monaten wiedersehen können – weil mich meine Eltern bis dahin nicht vor die Tür lassen.

Also mache ich mich an die Arbeit:

- Ich räume die Werkzeugkiste aus.
- Ich sortiere die Spülmaschine.
- Ich staubsauge den Hund.
- Ich gieße das Wohnzimmer.
- Ich führe die Pflanzen aus.

Zugegeben, ich bin nicht so richtig bei der Sache. Aber egal, Hauptsache, es geht schnell. Grins und doppelgrins.

12. The Dudes

Meine besten Freunde sind Musti, Mike & Spike. Zusammen sind wir die ***Dudes.***

Musti: *ist der wichtigste von allen. Er ist cool, schlau und ziemlich verfressen.*

Mike: *ist eher klein geraten, aber eine echte Geistesgröße. Sozusagen ein tiefergelegter Hochbegabter.*

Spike: *hat arschlange Dreadlocks. Seine Lieblingsbeschäftigung ist, Dinge nicht zu tun. Sein Zimmer sieht aus wie eine Karibikinsel, inklusive Hängematte und echtem Sand auf dem Boden.*

Ich, *Felix Rohrbach: bin eigentlich ganz normal. Besitze allerdings das Chaosgen. Manche sagen auch, ich wäre genial. Bin also ein genialer Chaot.*

Vor der Party treffen wir uns bei Spike. Wollen erst einmal einen Schlachtplan für den Abend entwickeln. Das ist wichtig. Spaß zu haben, ist schließlich eine ernste Sache. Alles muss sorgfältig geplant werden.

Als ich gegen sieben Uhr bei Spike aufkreuze, bin ich

nicht wiederzuerkennen. Ich trage einen Anzug, ein gebügeltes Hemd, eine Krawatte und ein paar auf Hochglanz polierte Lackschuhe. Außerdem habe ich ungefähr ein Pfund Gel in den Haaren.

Kurz gesagt, ich sehe aus wie Germanys Next Topmodel, natürlich in der Jungskategorie. Warum das Ganze? Ist doch logisch. Weil französische Mädchen auf gut gedresste Jungs stehen.

Die Dudes sehen mich nur kurz an und brechen dann in ein schepperndes Gelächter aus.

Ausgerechnet Spike, dessen Modestil irgendwo zwischen Altkleidersammlung und Kompost angesiedelt ist, schüttelt ungläubig den Kopf. Er sagt: »Ey, Felix. Dachte, wir gehen auf eine Party. Und nicht zu deiner Konfirmationsfeier?!«

»Richtig, Spike. Auf eine Party. Und nicht auf ein Cross-Country-Schlammrennen, zu dem jeder nur seine ältesten Klamotten anzieht! So wie du offenbar!«

Spike grinst. »Irrtum, Mister. Das hier sind meine *zweit*ältesten Klamotten. Meine allerältesten Lumpen spare ich mir für das Geburtstagsfest meiner Tante auf, zu dem meine Eltern mich zwangsweise mitnehmen wollen. Sie werden sehen, was sie davon haben.«

Ich blicke zu Mike, der wie immer Jeans und ein *Big Bang Theory*-T-Shirt trägt.

Mode hält er für unwichtig. Jedenfalls im Vergleich zur Suche nach der dunklen Materie, der Weiterentwicklung der Stringtheorie und der Erfindung des ersten funktionsfähigen Fusionsreaktors.

»Was ist mit dir?«

Mike zuckt mit den Schultern. »Keine Ahnung. Als Edison die Glühbirne, Konrad Zuse den Computer oder Tim Berners-Lee das Internet erfunden haben, trugen sie jedenfalls keinen Anzug. Ich finde Styling überflüssig.«

Musti liegt nicht auf dem Fußboden. Das sieht nur so aus. Er liegt in Spikes Hängematte.

»Was sagst du?«, frage ich Musti, der sich ebenfalls in Schale geschmissen hat.

»Ich sage, du siehst aus wie *best dressed man ever.* Sardine wird sich unsterblich in dich verlieben, wenn sie dich sieht.«

»Sie heißt Delphine. Nicht Sardine.«

»Meine ich doch, irgendwas mit Fischen.«

Die Jungs lachen sich erneut schlapp. Sie meinen es nicht böse. Ich lache mit. Wir alle wissen, dass es ein genialer Abend wird.

13. Shake

Unsere Erwartungen in Sachen Party werden sogar noch übertroffen. Es ist, kurz gesagt: GIGANTISCH. Anna hat das Haus ihrer Eltern in eine Mischung aus Beachclub und riesiger Chill-out-Zone verwandelt. Dazu gibt es geniale Musik, leckeres Essen und jede Menge erstklassiger Getränke. (Ich rede von Fruchtcocktails und Milchshakes!)

Die Stimmung unter den gut hundert Gästen ist vom Feinsten. Und die Stimmung unter den Dudes ist sogar noch feiner!

Mike zum Beispiel unterhält sich flirtmäßig mit unserer Mitschülerin Sacide Günes. Sacide hat vor einigen Monaten einen Jugend-forscht-Preis in der Kategorie Astrophysik gewonnen und trägt genau wie Mike ein *Big Bang Theory*-T-Shirt. Die beiden führen ein echtes Nerd-Gespräch:

Ganz klar, der erste Kuss liegt nur noch wenige Sekunden entfernt.

Bei Spike sieht es ähnlich aus. Er trinkt seinen zehnten Kirsch-Bananensaft und gräbt auf seine typische Spike-Art Tatjana Sanddorn an. Sie hat genau wie er arschlange Dreadlocks, die sie mit einem bunten Bandana gebändigt hat.

Spike: Ich würde gerne mal nach Jamaika.

Tatjana: Ich auch.

Spike: Andererseits ist mir so eine weite Reise zu anstrengend.

Tatjana: Mir auch! Viiiieeel zu anstrengend.

Spike: Am liebsten hänge ich zu Hause ab.

Tatjana: Geht mir original genauso!

Spike: Dann könnten wir ja zusammen zu Hause abhängen. Oder wäre dir das auch zu anstrengend?

Tatjana: Nö, das ist in Ordnung!

Auch die beiden werden gleich knutschen. Falls es ihnen nicht zu anstrengend ist.

Dann fällt mein Blick auf Musti. Er ist in ein intensives Guck-in-die-Augen-Gespräch mit Paulina Stelz verwickelt. Die beiden sind Figurzwillinge. Von hinten könnte man sie glatt für Sumokämpfer halten.

Musti: Mein Lieblingshobby ist Grillen. Aber Backen, Dünsten, Einlegen, Blanchieren und Schmoren finde ich auch gut.

Paulina: Was ist mit Marinieren?

Musti: Unbedingt. Marinieren ist super.

Paulina: Ich glaube, wir haben viele Gemeinsamkeiten!

Musti: Zum Beispiel Hunger?

Paulina: Und wie!

Musti: Wollen wir zusammen zum Buffet gehen?

Paulina: Geeeerne!!

Oh Mann. Auch Musti wird heute Abend bei einem Girl landen.

Schmatz und Doppelschmatz.

Und wie sieht es bei mir aus? Auch nicht übel, würde ich sagen.

Als Delphine vorhin auf der Party erschien, verschlug es mir glatt den Atem. Sie sah noch umwerfend topmodelliger aus als sowieso schon. Sie trägt ein Sommerkleid, Glitzerschuhe, hat eine raffinierte Hochsteckfrisur. Schwärm und Doppelschwärm.

Traue mich dummerweise nicht, sie anzuquatschen. Mache stattdessen die Hummel, schwirre also hierhin und dorthin. Zwischendurch stopfe ich ungefähr drei Kilo Salzstangen in mich rein. Nervennahrung. Außerdem tue ich so, als wenn ich Delphine gar nicht sehe.

Bescheuert?

Sogar doppelbescheuert!

Wieso also das Ganze?

Natürlich weil ich schüchtern bin. Sogar doppelschüchtern!

Zwischendurch kommen die Dudes immer mal wieder zu mir und meinen, dass ich Delphine endlich ansprechen soll.

Ich so: »Ja gleich …«

Mike: »Wann ist gleich? In hundert Jahren?«

Ich: »Nö, gleich ist gleich. Muss erst noch ein paar Salzstangen futtern.«

Musti: »Felix! Delphine kann keine Gedanken lesen! Wie soll sie wissen, dass sie dein Girl Nummer eins ist, wenn du ihr nichts sagst?«

Ich: »Mach ich ja noch. Gleich.«

Spike: »Ich gehe zu Delphine und sage ihr, sie soll sich nächstes Mal als Salzstange verkleiden. Dann würde Felix sie sofort anknabbern.«

Ich: »Tu das nicht!«

Spike: »Und ob ich das tue. Aber erst gleich.«

Doch dann passiert's. Delphine kommt auf mich zu.

Kann das sein? Meint sie wirklich mich? Oder geht sie an mir vorbei und unterhält sich mit der Zimmerpflanze, weil die bestimmt Interessanteres zu erzählen hat als ich?

NEIN UND DOPPELNEIN

Nein und Doppelnein! Sie meint wirklich mich! Einen Augenblick später stehen wir im großen Partyraum neben der Tanzfläche und unterhalten uns. (Ich ein wenig stammelnd, weil ich so nervös bin. Und sie mit einem französischen Akzent, der unfassbar süß ist.)

Delphine: *Cette Costume …* isch meine, deine Anzüg, es steht dir richtig gut. *Trèz chic!*

Ich: Danke. Du siehst auch super aus, Delphine. Cool, dass wir endlich mal abquatschen. Freue mich total.

Delphine: Ich auch. Stimmt es eigentlich, was alle über dich sagen?

Ich: Was sagen sie denn?

Delphine: *Tu es un chaot!* Du bist ein Chaot. Du sprayst Wände voll, ’eckst Unsinn aus und steckst immer in Schwierigkeiten.

Ich: Äh, ja, schätze schon. Stört dich das?

Delphine: *Au contraire!* Im Gegenteil! Isch ’asse brave Jungs. Isch bin nämlich selbst eine Chaotin!

Ich: Echt?

Delphine: *Ce vrais!* Ganz bestimmt!

Trèz chic!

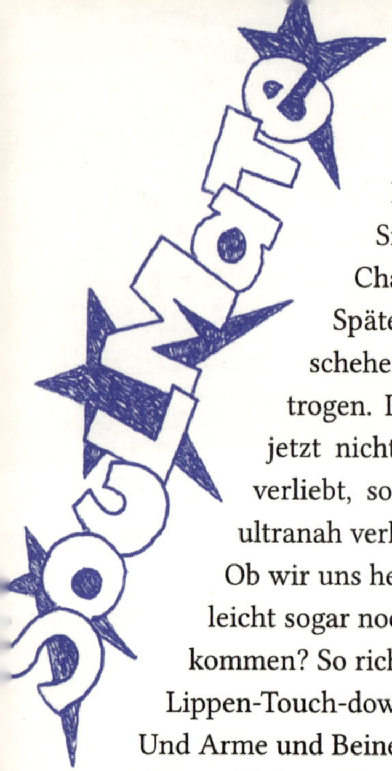

Unser Gespräch flutscht dahin wie der Puck beim Eishockey. Laber-laber, quatsch-quatsch. Sie erzählt mir von ihren besten Chaosaktionen, ich ihr von meinen. Spätestens jetzt ist es um mich geschehen. Mein Gefühl hat mich nicht getrogen. Delphine ist mein *Soul Mate.* Bin jetzt nicht mehr fern verliebt, sondern ultranah verliebt! Ob wir uns heute vielleicht sogar noch näherkommen? So richtig mit Lippen-Touch-down? Und Arme und Beine verknoten? Ich würde es nicht ausschließen!

Aber gerade als ich das Gefühl habe, dass es wirklich passieren könnte, werden wir auf einmal von einem seltsamen Lärm unterbrochen. Hysterisches Kreischen, Applaus, Jubel.

Der Kreischalarm kann nur eines bedeuten. Unser Mitschüler Alex Trabach lässt sich auf der Party blicken! Der hat mir noch gefehlt! Vor allem, weil ich in den letzten Tagen auf dem Schulhof beobachten konnte, wie Alex sein Flirt-Lasso in Delphines Richtung ausgeworfen hat! Die beiden haben sich sogar ein paar Mal unterhalten. Wenn es wirklich Alex ist, kann ich meine Pläne in Sachen Delphine beerdigen. Gegen ihn habe ich mädchenmäßig keine Chance.

Alex Trabach ist ein Jahr älter als ich und sieht supergut aus. Er hat einen durchtrainierten 0-%-Fett-100-%-Muskel-Körper.

Vor allem aber ist er berühmt. Ja wirklich, er ist ein echter Promi, eine Celebrity. Schon als wir in der fünften Klasse waren, wurde er von einer Filmfirma gecastet. Seitdem ist er in allen möglichen Filmen und Serien aufgetreten. Seinem Instagram-Account folgen über 20.000 Leute (während meinem drei folgen, nämlich die Dudes). Wo immer Alex auftaucht, löst er einen mittelschweren Kreischalarm aus. Genau wie hier und heute. Sämtliche Girls stürmen auf ihn zu! Die, die ihn noch nicht kennen, wollen ein Autogramm von ihm haben …

Dann passiert es. Alex betritt den Partyraum. Er sieht sich um, schüttelt die ganzen Kreisch-Girls ab und kommt direkt auf uns zu. Dann stellt er sich einfach zwischen

mich und Delphine – so, als wenn ich gar nicht da wäre. Ich fühle mich, als hätte er mich wie ein Footballspieler eiskalt vom Feld getackelt.

Während Alex mich mit seinem Bodybuilder-Rücken abschirmt, höre ich, wie er schmalzmäßig von 0 auf 100 beschleunigt und zu Delphine sagt: »Ich weiß nicht, ob es dir heute schon jemand gesagt hat, aber du bist mit Abstand das hotteste Girl auf der ganzen Party! Echt, der Hammer!«

»Ah *oui?* Nett, dass du das sagst, aber eigentlich unterhalte ich mich gerade mit …«

»Es gibt kein Eigentlich, Delphine! Ich bin übrigens nur hergekommen, weil ich wusste, dass du hier bist. Willst du tanzen?«

»Äh, na ja. Schon, aber …«

Delphine wirkt alles andere als glücklich. Vermutlich wartet sie darauf, dass ich wieder das Spielfeld betrete.

Bloß wie? Im Vergleich zu Alex bin ich in jeder Hinsicht eine Null. Bin weder ein Filmstar, noch habe ich einen muskelmäßigen Superbody.

Sollte vielleicht besser das Feld räumen … will mich gerade verdrücken, als ich die Blicke der Dudes bemerke. Als die den Kreischalarm an der Tür gehört haben, war ihnen offenbar sofort klar, was abgeht. Sie haben sich ein Time-out bei ihren Girls genommen und sind hierher ins große Zimmer gekommen. Jetzt stehen sie ein paar Meter entfernt und machen den Coach für mich. Es ist eindeutig,

was sie mir signalisieren. Aufgeben kommt nicht infrage! Im Gegenteil, es ist Zeit für den Gegenangriff.

Sie haben recht! Kann mich von diesem Hirnvermisser nicht einfach so aus dem Spiel drängen lassen.

Zeit für Action!

Ich gebe Alex einen Schubs von hinten. Funktioniert! Er dreht sich um. Das bezaubernde Lächeln, mit dem er Delphine umgarnt, macht ploppmäßig einem Killer-Gesichtsausdruck Platz. Er beugt sich zu mir und flüstert: »Zieh ab, Rohrbach. Das hier ist meine Beute.«

»Beute? Was für eine Beute?«

»Na, die Chica. Delphine. Sie gefällt mir. Also stör mich nicht dabei, wie ich sie klarmache.«

»Klarmache?!«

»Was meinst du denn? Wenn ich mich schon auf ein Girl einlasse, dann soll es sich auch lohnen.«

»Aber …«

In diesem Moment will Delphine sich einmischen, aber Alex kommt ihr zuvor. Mit gönnerhafter Stimme sagt er: »Felix nervt mich schon seit Wochen, weil er ein Autogramm von mir haben möchte.«

»Ich? Ein Autogramm? Von dir? Blödsinn,

Mann. Würde mich sogar mehr über eine Unterschrift von einem berühmten Regenwurmzüchter freuen als von dir.«

Alex überhört meine Worte und sagt: »Was soll's, dann erfülle ich ihm eben seinen Wunsch! Kann ihn nicht länger so leiden sehen!«

Alex nimmt mich ohne Vorwarnung in den Schwitzkasten. Mit dem freien Arm zückt er einen fetten Eddingstift und verpasst mir tatsächlich ein Autogramm. Und zwar auf die Stirn.

Während er kritzelt, spricht er laut aus, was er schreibt: »Für Felix, den Superloser. Dein Alex Trabach.«

Dann gibt er mir einen Riesenschubser, sodass ich glatteismäßig quer durch den Raum schlittere und auf der Mitte der Tanzfläche lande.

Alle anderen Partygäste stehen um mich herum und lachen.

Ist mir egal.

Delphine lacht auch.

Das ist mir nicht egal.

14.

Zum Glück ist auf die Dudes Verlass. Sie sind ja immer noch ganz in der Nähe. Als sie sehen, was passiert, stürmen sie zu mir auf die Tanzfläche. Dort helfen sie mir auf die Beine.

Dann marschieren wir zu viert auf Alex zu. Sieht vermutlich nicht viel bedrohlicher aus, als wenn ein paar Eichhörnchen in Kampfformation auftreten. Aber immerhin, zu viert könnten wir was gegen ihn ausrichten …

Dumm nur, dass Alex plötzlich auch Verstärkung bekommt. Viktor und Bob, zwei hirnamputierte Hohlbirnen, treten neben ihn und grinsen uns T-Rex-mäßig an. Das Problem ist, dass Bob und Viktor muskelmäßig noch praller sind als Alex. Sie verstehen sich als seine Bodyguards. Kann mir gar nicht vorstellen, dass Anna sie überhaupt eingeladen hat. Aber sie sind hier. Schluck und Doppelschluck.

Alex schnippt mit dem Finger. Für Viktor und Bob ist das der Gong zur ersten Runde. Die beiden stampfen Godzilla-mäßig auf uns zu. Ist klar, was sie vorhaben. Sie werden mich und die Dudes zu Hackfleisch verarbeiten. Anschließend rollen sie uns zu Dönerspießen zusammen und verkaufen uns an die umliegenden Imbissbuden.

Ich blicke zu Musti, Mike und Spike und sage: »Ist echt nett von euch, dass ihr mir zur Seite stehen wollt. Aber verschwindet lieber. Reicht schließlich, wenn einer von uns stirbt.«

Mike schüttelt trotzig den Kopf. »Unsinn. Wir halten zusammen. Wenn wir untergehen, dann alle gemeinsam.«

Musti grinst und sagt: »Wenn die mich in den Bauch boxen, erleben sie eine Überraschung. Das halbe kalte Buffet kommt dann oben wieder raus. Wird ihnen nicht gefallen.«

Spike seufzt und sagt: »Vielleicht machen wir ihnen ein Friedensangebot? Wir könnten ihnen zum Beispiel einen Drink holen? Oder ihnen ihr Lieblingslied vorsingen?«

Dann haben Bob und Viktor uns erreicht. Sie heben drohend die Fäuste und wollen zuschlagen.

Ich weiß, dass ich uns nur noch mit einer genialen Chaoten-Idee davor bewahren kann, den restlichen Abend im Krankenhaus zu verbringen.

Dann macht es *Pling!* und ich frage Bob: »Sag mal, Bob.

Hast du dir schon überlegt, ob du mich mit links oder mit rechts umhauen willst?«

Bob sieht mich fragezeichenmäßig an, starrt dann auf seine eigenen Fäuste und murmelt: »Äh … wo war noch mal rechts?«

Die Dudes und ich grinsen. Der erste unserer Gegner ist erst einmal für eine Weile beschäftigt.

Bei Viktor ist die Sache schon schwieriger. Er ist ein paar IQ-Punkte schlauer als Bob. Sagen wir, wie ein Pudel im Vergleich zu einem Zwergpinscher.

Ich frage ihn: »Sag mal, Viktor. Ist dir schon einmal aufgefallen, dass auf Selfies alles seitenverkehrt ist?«

»Wieso sollte mich das interessieren, Rohrbach?«

»Weil du dann feststellen könntest, dass der Riesenpopel, der dir aus dem linken Nasenloch guckt, auf dem Selfie im rechten Nasenloch steckt.«

Auch in Viktors Augen rotieren die Fragezeichen. Er holt sein Handy hervor, macht ein Selfie und untersucht seine Nasenlöcher …

Leider dauert es nur ein paar Sekunden, bis er checkt, dass ich ihn hochgenommen habe. Sein sharknado-mäßiger Gesichtsausdruck wird noch ein paar Nummern finsterer. Er gibt Bob einen Stoß und sagt: »Los, du Trottel, lass uns die Sumpfeier fertigmachen!«

Die beiden heben erneut die Fäuste und rücken auf uns vor. Alex ist jetzt auch mit dabei. Diesmal gibt es kein Entkommen.

Spüre schon den Lufthauch von Viktors linkem Haken, als plötzlich ein ohrenbetäubender Pfiff durch den Raum gellt.

Instinktiv pressen wir uns alle die Hände auf die Ohren. Auch Alex, Viktor und Bob.

Verwirrt blicken wir uns um. Wer hat da gepfiffen?

Dann checken wir, dass es Delphine war. Sie sieht der-Eiffelturm-ist-umgefallen-mäßig traurig aus. Sie tritt in die Mitte zwischen uns, schüttelt seufzend den Kopf und sagt mit leiser Stimme: »Isch 'atte mich wirklich auf diese Party gefreut. Vor allem auf die Leute, die isch kennenlerne. 'ier sind auch wirklich jede Menge total netter Mädchen. Aber leider nur ... wie sagt man ... endbescheuerte Jungs. Jetzt wollen sie sich auch noch prügeln. *C'est stupide!* Damit das nicht passiert, gibt es offenbar nur eine Lösung. Isch gehe nach Hause! *Au revoir!*«

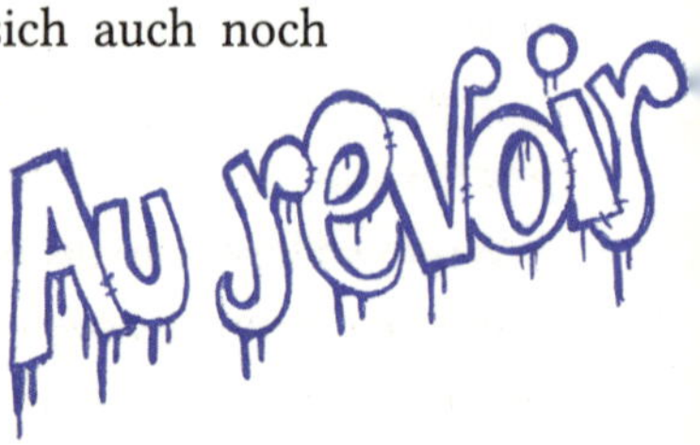

Sie schenkt Alex und mir noch einen letzten Blick. »Ihr seid echt eine Enttäuschung. Alle beide.«

Dann geht sie mit ihrem tollen Sommerkleid, ihren hochhackigen Schuhen und ihrer topmodelligen Frisur zur Tür hinaus.

Mir ist sofort klar, was das bedeutet. Delphine wird nie wieder ein Wort mit mir reden. Ich kann die Sache mit ihr für alle Zeiten knicken.

15.

Habe ich vorhin gesagt, die Party übertrifft meine Erwartungen? Und sie ist gigantisch?

War leider totaler Quatsch! Das Gegenteil ist der Fall. Die Party ist unterirdisch. Und ich fühle mich wie eine saure Gurke auf dem Weg ins Einmachglas.

Den Dudes geht es übrigens kein Stück besser. Kurz nachdem Delphine gegangen ist, sind Paulina, Tatjana und Sacide vor ihnen aufgetaucht. Kopfschüttelnd haben sie Musti, Spike und Mike erklärt, dass sie ihr Verhalten total daneben finden. Und dann sind sie ebenfalls nach Hause gegangen.

Das Ergebnis ist niederschmetternd. Während alle anderen tanzen und herumknutschen, bleibt uns nichts anderes übrig, als uns mit Chips und Flips vollzustopfen.

Seufzend erkläre ich: »Mal ehrlich, Leute. Vielleicht sollten wir einfach auch nach Hause gehen.«

»Guter Plan«, stimmt mir Spike zu.

»Finde ich auch. Macht sowieso keinen Spaß mehr«, erklärt Mike.

»Aber erst essen wir die restlichen Chips und Flips auf«, sagt Musti grinsend.

Schulterzuckend kehren wir ans kalte Buffet zurück. Schnell stellen wir fest, dass nicht einmal das noch Spaß macht.

Wir wollen gerade unsere Jacken holen und wirklich gehen, als mich ein seltsames Gefühl überkommt. Um genau zu sein, ist es ein seltsames, mir aber wohl bekanntes Chaosgefühl. Voller Trotz denke ich, dass wir diesen Abend nicht einfach so aufgeben dürfen. Vor allem, weil ich doch bei meinen Eltern so sehr darum betteln musste, überhaupt hier sein zu dürfen!

Das muss sich einfach lohnen!

Aber wie?

Nach kurzem Grübeln komme ich darauf. Ich weiß jetzt, wie wir unsere Laune doch wieder in luftige Höhen heben können. Mir fällt nämlich ein, dass ich in meinem Rucksack meine Spraydosen dabeihabe. Wie wäre es also mit einer kleinen Spray-Aktion? Alex', Bobs und Viktors Fahrräder könnten zum Beispiel dringend eine Farbauffrischung gebrauchen.

Das macht erstens Spaß. Und zweitens haben diese Vollpfosten einen Denkzettel verdient.

Kurz entschlossen, weihe ich die Dudes in meinen Plan ein. Die sind sofort Feuer und Flamme. Wir also raus und an die Arbeit. Zisch und Doppelzisch!

Bobs Bike glänzt auf einmal in einem schönen ***Kotzgelb.***

Viktors Bike erkennt man ab sofort an dem neuen ***Hundehaufen-Braun.***

Alex' Fahrrad zieren plötzlich lauter kleine ***Stinkefinger …***

Wir sind konzentriert bei der Arbeit, als uns plötzlich eine Stimme unterbricht. Die Stimme ist zwar menschlich, klingt aber trotzdem mehr nach Kampfhund. »Okay, Leute! Jetzt seid ihr endgültig tot!«

Wir nehmen die Finger von unseren Spraydosen und drehen uns gaaaanz langsam um.

Da stehen sie vor uns.

Dicht vor uns.

Alex, Viktor und Bob.

Offenbar sind sie hier, um das zu Ende zu bringen, wobei sie vorhin unterbrochen wurden: uns zu Dönerspießen zu verarbeiten.

Was sie allerdings nicht bedenken, ist die Tatsache, dass wir diesmal bewaffnet sind. Und zwar mit unseren Spraydosen.

Dummer Fehler, kann ich da nur sagen.

Musti, Spike, Mike und ich werfen uns nur einen kurzen Blick zu. Ohne große Worte zu verlieren, wissen wir, was wir zu tun haben.

Und das tun wir dann auch. Kurzerhand verwandeln wir die drei Zero-Hirn-Idioten in lebende Graffiti (dabei achten wir natürlich darauf, sie nicht im Gesicht zu erwischen. Das wäre schließlich wirklich böse). Alex, Viktor und Bob versuchen, vor uns zu fliehen, und rennen schreiend durch den Garten von Annas Eltern. Während Musti, Spike und ich die Verfolgung aufnehmen, filmt Mike das Ganze mit dem Handy. Wird garantiert ein Youtube-Hit. Vor allem an unserer Schule.

Am Ende bleibt den anderen nichts weiter übrig, als sich durch einen Sprung in den Pool zu retten. Im Wasser versuchen sie, die Farbe von ihren Händen, Haaren und Klamotten runterzukriegen. Klappt aber nicht so richtig. Alles, was sie erreichen, ist, dass das himmelblaue Wasser des Pools sich rot, grün und gelb verfärbt …

All das macht die Sache mit Delphine nicht wett. Aber lustig ist's trotzdem.

16.

Der nächste Morgen. Ich liege im Bett und mache die Augen auf.

Ein Grinsen erscheint auf meinem Gesicht. Weil ich mich an gestern Nacht erinnere.

Natürlich ist die Sache mit Delphine echt blöd gelaufen. Bin mir nicht sicher, ob sie überhaupt noch einmal mit mir redet.

Aber die Chaosaktion mit den Spraydosen hat mich ein bisschen darüber hinweggetröstet. Das hat echt Spaß gemacht ... obwohl, einen kleinen Haken hat auch diese Sache. Kann daher gut sein, dass ich doch tiefer in Schwierigkeiten stecke, als ich mir selbst eingestehe.

Der Beweis, dass ich recht habe, folgt auf der Stelle. Durch die geschlossene Tür höre ich, wie das Telefon klingelt. Dad geht dran und auch seine Stimme kann ich hören. Aus seinen Antworten schließe ich, dass es Annas Eltern sind, die angerufen haben. Das ist NICHT GUT.

Dad: »Fahrräder ... Pool ... Farbe ... Jungs ... Graffiti ... verstehe. Und Sie sind sicher, dass es Felix war, Herr Çelik?«

Dad macht eine lange Pause. Zum Abschied sagt er: »Verlassen Sie

sich auf mich, Herr Çelik. Felix wird seine verdiente Strafe erhalten … ganz Ihrer Meinung, elektrischer Stuhl ist zu harmlos … ja, ich habe da schon eine Idee … richtig, er wird es bereuen, jemals geboren worden zu sein … Auf Wiederhören.«

Ich mache mir keine Illusionen. Ich stecke wirklich in Schwierigkeiten, und zwar von Kopf bis Fuß. Kann mir schon denken, welche Strafe sich meine Eltern ausdenken werden. Stubenarrest bis ans Ende aller Zeiten.

Vor allem, weil ich ja erst gestern hoch und heilig versprochen habe, keinen Unsinn mehr anzustellen!

Bin wieder mal gescheitert. Mom hat mir zwar erst neulich erklärt, dass es nicht schlimm wäre, im Leben zu scheitern. Aber wenn's mir dann ausnahmsweise mal passiert, sind sie und Dad doch sauer …

17.

Sitze mit Mom, Dad und Jenny am Frühstückstisch. Alle plaudern fröhlich. Nur ich sage kein Wort.

Bin einfach nicht sonderlich gesprächig, wenn ich auf einer tickenden Zeitbombe sitze.

Oder täusche ich mich? Habe ich doch nicht die Todesstrafe zu erwarten?

Noch während ich mir die letzte Scheibe Nutella-Toast in den Rachen schiebe, wird klar, was Sache ist.

Es gibt kein Donnerwetter.

Weil es schlimmer wird.

Es gibt ein Deine-Mom-und-dein-Dad-verstehen-dich-weil-wir-auch-mal-jung-waren-Gespräch.

Hilfe, beamt mich auf einen anderen Planeten. Ich will das nicht.

Aber bekanntlich hat man als Teenager keine Wahl. Man ist seinen Eltern ausgeliefert wie ein Fisch dem Angelhaken.

Mom macht den Anfang. Mit butterweicher Stimme fragt sie: »Felix-Schätzchen, erinnerst du dich an das, was wir gestern besprochen haben?«

»Nein, Mom. Habe leider keine Ahnung mehr. Ich hab Jungsheimer – du weißt schon, das ist wie Alzheimer, nur bei Teenagern! Wer sind Sie noch einmal, gnädige Frau?«

Mom schließt die Augen. Vermutlich überlegt sie, ob sie mich vierteilen, enterben oder zur Adoption freigeben soll.

Dad übernimmt und sagt: »Mach lieber keine Witze, Felix.«

»Nicht einmal witzige Witze?«

»Gar keine.«

»In Ordnung.«

Mom öffnet die Augen und sieht mich ungeduldig an. Sie wartet schließlich immer noch auf eine Antwort. »Ist es dir jetzt wieder eingefallen? Wie war das gestern mit unserem Gespräch?«

»Na ja, also soweit ich mich erinnere, habe ich hoch und heilig versprochen, keinen Unsinn anzustellen. Und nur darum habt ihr mir den Stubenarrest erlassen.«

»Richtig, Felix. Genauso ist es. Und? Hast du dich dran gehalten?«

»Nein. Eher nicht.«

»Eher nicht?!«

»Überhaupt nicht?«

»Ist das etwa eine Frage?«

»Nein.«

»Also?«

Ich lasse niedergeschlagen den Kopf hängen. »Okay, ich sehe es ein. Ich habe mein Versprechen gebrochen. Aber ich konnte nichts dafür! Ich schwöre! Es war die Schuld von Alex Trabach und seinen Idioten-Freunden. Die haben ...«

KLAPPE

»Felix! Halt die Klappe! Wir wollen alles, aber keine billigen Ausreden hören!«

Ein Blick in Moms Gesicht macht mir klar, dass ich besser nicht widersprechen sollte. Könnte sonst zur ultimativen Katastrophe führen.

Dad, der ein wenig entspannter ist, sagt: »Du kannst dir vorstellen, dass wir ziiiiiemlich enttäuscht von dir sind, Felix. Andererseits sind wir nicht wirklich überrascht von dem, was passiert ist.«

»Nicht?«

Mom, die wieder angefangen hat zu atmen, sagt: »Nein. Wir glauben, dass du in einer schwierigen Phase bist. Das ist ganz normal in deinem Alter. Besonders Jungs laufen da oft aus dem Ruder. Vor allem, wenn sie unglücklich mit sich selbst sind.«

»Och, na ja. Ich halt's schon aus mit mir.«

»Kein Wort mehr! Wir haben also Folgendes überlegt. Zum einen wirst du selbstverständlich für den Schaden aufkommen, der entstanden ist. Herr Çelik hat uns erklärt, was die Reinigung des Pools kostet ...«

»Äh ... und wie viel?«

Dad nennt eine Summe, bei der ich im ersten Augenblick denke, dass ich mich verhöre. Wenn ich das wirklich bezahlen soll, müsste ich mein

Taschengeld der nächsten zehn Jahre investieren ... aber bevor ich etwas sagen kann, fährt meine Mutter fort. »Außerdem erwarten wir von dir, dass du in dich gehst und einmal wirklich über dich nachdenkst.«

Ich schließe kurz die Augen, mache sie wieder auf und sage: »Erledigt. War's das?«

Dad unterdrückt ein Lachen, aber Mom steht kurz vor der Kernschmelze. Ich sollte es besser nicht übertreiben. Daher schiebe ich leise hinterher: »Ihr habt recht. Im Moment läuft es nicht rund. Darum wäre nachdenken wirklich nicht verkehrt. Ich könnte zum Beispiel gleich zu Musti fahren. Wir wollen Playstation spielen. Dabei kann ich immer am besten nachdenken. Was sagt ihr?«

18.

Jeder Mensch hat bekanntlich Talente. Mein Talent besteht darin, immer ein Wort zu viel zu sagen.

Das ist meine Mom.

Und das ist meine Mom, nachdem sie explodiert ist.

Das bin ich (ebenfalls nach der Explosion meiner Mom). Bestehe nur noch aus Einzelteilen. Will mich aber nicht beklagen. Bin ja selbst schuld dran.

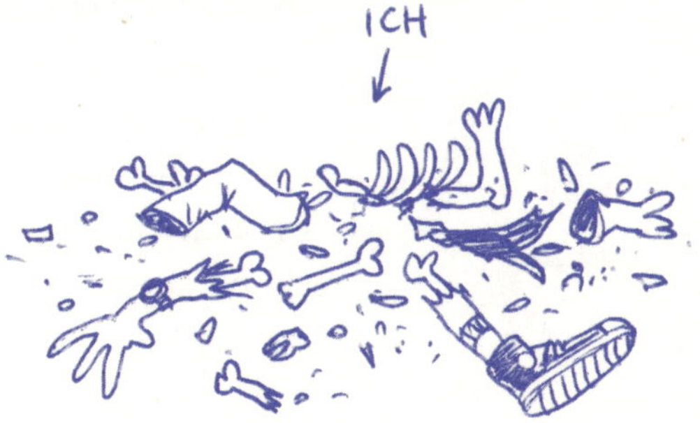

19.

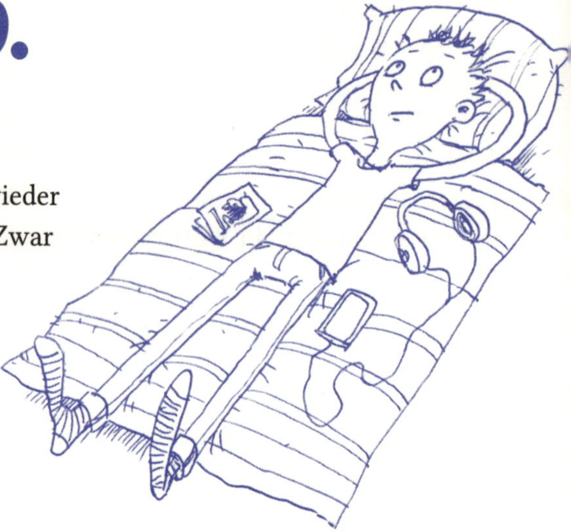

Habe doch wieder Stubenarrest. Zwar nicht für den Rest meines Lebens, aber für den Rest des Wochenendes.

Ich soll über mich selbst nachdenken. Und ich soll mein Zimmer aufräumen.

Meine Philosophie lautet ja: Eins nach dem anderen. Also fange ich erst einmal mit dem Nachdenken an. Mal sehen, ob ich zum Aufräumen später noch Zeit habe.

Ich lege mich aufs Bett. Nach und nach gerate ich in eine grüblerische Stimmung. Mir fällt die Party von gestern Abend ein. Besonders die Sache mit Alex Trabach. Während er mir sein Zwangsautogramm verpasste, meinte er ja, dass ich ein Loser wäre. Könnte es vielleicht sein, dass er recht hat?

Denn mal ehrlich, was habe ich im Leben denn schon erreicht? Ein paar Sprayer-Aktionen, ein paar Chaosstreiche. Das war's. Bin ein Nobody.

Alex dagegen ist zwar ein Idiot. Aber eben ein berühmter Idiot. Obwohl wir fast gleich alt sind, hat er in seinem Leben schon ganz schön viel erreicht. Er hat Filme gedreht, hat unendlich viele Instagram-Follower und da ist die Sache mit dem Kreischalarm, egal, wo er auftaucht. Nicht auszuschließen, dass er eines Tages wirklich mal den Oscar gewinnt.

Habe ich auch die Chance, irgendwann einmal irgendetwas zu gewinnen? Außer einen Blumentopf? Eher nicht.

Und zwar deshalb, weil es einfach zu spät dazu ist. Ich habe die Chance, berühmt zu werden, verpasst. Ich habe zu lange gezögert. Habe mein Leben verschwendet. Habe nichts aus mir gemacht. Jetzt ist es vorbei. (Werde außerdem wohl immer arm wie eine Kirchenmaus bleiben. Bisher habe ich mir darüber nie wirklich Gedanken gemacht. Das ist jetzt allerdings anders. Unter anderem wegen der Poolrechnung, die ich bezahlen muss.)

Klingt das übertrieben? Weil ich ja noch gar nicht so alt bin? Erst ein Teenager eben?

Nur wer keine Ahnung hat, kann die Dinge so sehen. Heutzutage läuft es nämlich anders. Wer etwas im Leben erreichen will, muss früh damit anfangen. SEHR früh. Nehmen wir Justin Bieber als Beispiel. Oder Selena Gomez. Daniel Radcliffe. Billy Eilish. Die Lochis. Kylie Jenner.

Diese ganzen Superstars haben alle eines gemeinsam. Sie waren spätestens mit zwölf, dreizehn Jahren berühmt! Oder zumindest haben sie in dem Alter das Fundament ihrer Karriere gelegt.

Wie sieht es bei mir in dieser Hinsicht aus? Zappenduster. Habe weder ein Fundament noch eine Karriere. Es gibt nichts, das mich zu etwas Besonderem machen könnte.

Liege auf dem Bett und seufze vor mich hin. Gut möglich, dass sogar mal ein Schluchzer dabei ist. Aber warum auch nicht. Frust gehört irgendwie dazu.

Dann aber erwacht ein zartes Hoffnungspflänzchen in mir. Ich frage mich, ob wirklich schon alles zu spät für mich ist. Oder existiert doch noch eine winzige Chance, dass ich das Ruder herumreißen kann? Besteht die Hoffnung, dass ich etwas aus mir mache? Und zwar noch in diesem Leben? (Und dabei auch gleich mein Bankkonto auffülle?)

Wenn es so ist, wird es jedenfalls nicht von selbst passieren. Ich werde mich verdammt ins Zeug legen müssen.

Das heißt, dass ich ab sofort keine Zeit mehr verlieren darf! Ich muss jetzt durchstarten, muss jetzt mein Leben ändern, muss jetzt etwas auf die Beine stellen!

Mir gelingt endlich wieder ein Grinsen. Meine Eltern hatten recht. Nachdenken bringt doch etwas.

Ist ja auch logisch. Seufz führt zu Grübel. Und Grübel führt zu Strahl. Und Strahl führt zu Blink und Doppelblink!

Zimmer aufräumen geht jetzt übrigens leider nicht mehr. Denn mal ehrlich, muss Justin Bieber vielleicht seine Bude aufräumen? Oder Selina Gomez? Dakota Fanning? Jaden Smith? Garantiert nicht. Deren Zeit ist viel zu schade dafür.

Gilt ab sofort auch für mich. Muss jede Minute, die ich habe, in meine Karriere investieren. Okay, ich muss erst einmal herausfinden, wie genau ich berühmt werden möchte. Aber sobald ich es weiß, steht meinem Weltruhm nichts mehr im Wege.

Und dann – ganz vielleicht – wird Delphine doch wieder mit mir reden!

20. SCHNARCH

Montagmorgen, 6:30 Uhr. Befinde mich wieder in 1.000 *Gähn* Tiefe. Aber diesmal ist es kein Problem. Bin ja jetzt der neue Felix. Der Karriere-Power-Felix. Und dieser Felix verschläft nicht.

Darum habe ich noch gestern Abend die ultimative WECKMASCHINE erfunden.

Los geht es mit Rapmusik. Es ist ein dreistimmiger Chor, in dem sich Bushidog, Gassenbande 123 und Saftbefehl eigens für mich zusammengefunden haben:

Ey, Alter, machsu Ohren auf!
Haue ich dir sonst Schnauze drauf!
Stehst du auf aus Bett,
das wäre wirklich fett.
Bleibst du nämlich liegen,
werden dich die Haie kriegen!

Mir gelingt das erste Grinsen des Tages. Zufällig weiß ich, dass ich gar nicht aufzustehen brauche. Passiert nämlich von selbst. Ich werde sozusagen aufgestanden!

Mit einem leisen Surr-Geräusch kippt mein Bett hydraulisch zur Seite. Schließlich ist es so steil, dass ich automatisch aus den Laken rutsche.

Lande aber keineswegs auf dem Fußboden, sondern mittels einer Looping-Rutsche direkt auf meinem Ergometer. Wie alle erfolgreichen Menschen beginne ich meinen Tag mit einer Power-Trainingseinheit.

Strampel und Doppelstrampel!

Hüpfe vom Ergometer und schlittere in Richtung Badezimmer, direkt unter die Dusche. Das Wasser geht automatisch an und Roboterarme seifen mich von Kopf bis Fuß ein.

Sobald ich sauber bin, trocknet mich ein automatischer Riesenföhn. Weitere Roboterarme kämmen und stylen mich. Dann gleite ich auf einem Fließband zurück in mein Zimmer direkt vor meinen Kleiderschrank. Eine Windmaschine wirbelt mich in die Luft, wo bereits Unterwäsche, meine Jeans und ein

T-Shirt schweben. Schwerelos gleite ich in meine Klamotten hinein.

Lande schließlich wieder auf dem Boden – und zwar genau in meinen Sneakern.

Zack und Doppelzack. Ohne mich groß angestrengt zu haben, bin ich fix und fertig angezogen. Kann es nun mit dem Tag aufnehmen! Kann meine Karriere starten. Weiß zwar noch nicht, wie und wodurch genau ich berühmt werde. Aber es wird passieren!

21.

Felix! Du nichtsnutziger Pavianhintern. Wie kann man bei so einem Lärm nur schlafen? Die ganze Stadt wird wach – nur du nicht!«

Mache ein Auge halb auf. Gerade genug, um Jenny erkennen zu können. Sie steht in ihrem Schlumpf-Pyjama vor meinem Bett und schreit herum, als wäre *Keifen* eine Disziplin bei *Schlag den Star.* Mein Wecker zeigt an, dass es schon nach sieben Uhr ist.

Meine geniale Weckmaschine war also nur ein schöner Traum. Zu blöd aber auch.

Mache mein Auge wieder zu, dafür aber meinen Mund halb auf. Mit verschlafener Stimme sage ich: »Du verstehst das falsch, Jenny. Die fünf Wecker sind doch genau dazu da, dass die ganze Stadt aufwacht. Damit dann irgendein Idiot so nett ist, zu mir zu kommen und mich zu wecken. Sieht so aus, als wärst du dieser Idiot. Danke dafür.«

Es macht *Plopp!* und Jenny verwandelt sich trotz der frühen Stunde in einen wütenden Ghoul. »Idiot? Wennschon, dann bitte IdiotIN! So viel Zeit muss sein.«

»Wie du willst. Dann halt IdiotIN. Und ein *Du heulende Bettwanzen-Dompteurin* bekommst du gratis dazu!«

Jetzt ist Jenny endgültig auf hundertachtzig. »Du klimatötendes CO_2-Molekül! Wie kannst du es nur wagen, mich schon am frühen Morgen so zu beleidigen?!«

»Weil du es verdient hast, du Methanwolke! Und jetzt zieh ab! Ich will weiterschlafen!«

»Ich denk nicht dran, du Nitratbelastung!«

»Wäre aber besser für dich, du menschlicher Tomatenstrunk!«

»Du Komposthaufen!«

»Godzilla-Erschreckerin!«

»Gollum-Vorlage!«

»Popellutscher!«

»Läusemagnet!«

»Hornhauthobel!«

»Klobürstensammler!«

Jenny starrt mich ein letztes Mal wütend an. Dann verschwindet sie türenknallend in ihrem Zimmer. Ich setze mich auf und rekel mich genussvoll.

Grins und Doppelgrins.

Wie es aussieht, habe ich doch eine Weckmaschine erfunden. Die ist weltweit einzigartig. Weil es ja auch meine Schwester Jenny nur einmal gibt.

22.

Der Schultag kriecht Einstein-mäßig lahm dahin. Liegt daran, dass ich es gar nicht erwarten kann, bis der Gong die letzte Schulstunde beendet.

Dann ist es endlich so weit. Die Dudes und ich treffen uns auf dem Schulhof. Gemeinsam gehen wir rüber in den *Aloha Waikiki Coffeshop,* in dem Spike sich sein Taschengeld als Barista aufbessert.

Wir setzen uns an einen der hinteren Tische. Da keine weiteren Kunden im Laden sind, setzt Spike sich auch dazu (das heißt, eigentlich sind schon andere Kunden im Laden. Aber Spike setzt sich trotzdem dazu).

Ich räuspere mich und beginne die kleine Rede, die ich vorbereitet habe. Ich habe mir nämlich überlegt, dass meine Karrierepläne noch viel mehr Spaß bringen, wenn die Dudes dabei mitmachen. Weil einfach alles mehr Spaß macht, wenn meine besten Freunde mit von der Partie sind. Bisher habe ich mir allerdings nicht entlocken lassen, worum es gehen soll. Jetzt aber ist es Zeit, die Katze aus dem Sack zu lassen. »Hört zu, Leute. Heute ist der Tag, an dem sich unser Leben ändern wird.«

»Ach echt?«, fragt Musti.

»Und wieso?«, fragt Mike.

»Leben ändern? Viel zu anstrengend«, sagt Spike.

Ich fahre ungerührt fort: »Wir leben bekanntlich in einer Zeit, in der alles, was nicht zu früh ist, zu spät ist. Das gilt besonders für die eigene Karriere. Wenn wir jetzt nicht loslegen, Leute, ist der Zug für uns abgefahren. Wir müssen durchstarten! Sonst enden wir als langweilige Durchschnittshänger, die nichts im Leben erreicht haben. Und die außerdem ewig pleite sind. Sind wir einer Meinung?«

»Auf jeden Fall«, sagt Musti.

»Unbedingt«, sagt Mike.

»Aber Durchschnittshänger zu werden, *ist* mein Karriereziel. Und pleite sein ist mir auch egal. Wo ist also das Problem?«, fragt Spike.

Wir lachen ab, dann spreche ich weiter: »Mal ehrlich, Leute. Wir müssen den Grundstein für unseren Erfolg legen. Und zwar jetzt und hier und auf der Stelle!«

Der Funke springt endgültig über und die Dudes sind begeistert. Sogar Spike ist jetzt bei der Sache: »Worin genau sollen wir denn erfolgreich werden, Felix? Und womit können wir unsere Kasse auffüllen?«

»Das ist das Problem. Ich weiß es noch nicht. Aber wir werden es herausfinden. Also, wer hat eine Idee?«

23.

Drei Latteccino mit Vanillearoma später haben wir immer noch keine Antwort auf unsere Frage gefunden. Obwohl an Ideen wahrlich kein Mangel herrscht.

Mike zum Beispiel schlägt vor, dass wir mit einer genialen Erfindung reich und berühmt werden könnten.

»Aber was genau können wir denn erfinden?«, will ich wissen.

Mike hebt vielsagend die Augenbrauen. »Pah! Da gibt es so einiges. Zum Beispiel den ersten funktionstüchtigen Fusionsreaktor! Oder ein wasserstoffbetriebenes Turbo-E-Bike! Noch besser wäre ein Wurmloch-Detektor, mit dem man interstellare Reisen unternehmen kann.«

»Und du glaubst, das können wir schaffen?«

»Klar. Dauert halt nur ein wenig.«

»Wie lange?«

»Weiß nicht. So zwanzig Jahre, schätze ich mal.«

So verrückt Mikes Ideen klingen, wir alle trauen ihm zu, dass sie eines Tages Wirklichkeit werden. Weil Mike nun einmal unfassbar schlau ist. Eine Lösung für unser Problem sind sie allerdings nicht. Weil es ja schnell gehen muss. Und zwanzig Jahre ist alles, aber nicht schnell.

Die nächste Grübelrunde beginnt und es ist Musti,

der eine Idee hat: »Checkers, die Lösung ist krass einfach. Wir sind die Dudes, korrekt? Ab sofort nennen wir uns genauso, aber anders. Nämlich: *The* Dudes. Wir werden eine Rapper-Gang! So wie Gassenbande 123! Jeder weiß, dass Rapper ultraberühmt und unfassbar reich sind!«

Der Funke springt sofort über. Musti hat recht. Alle unsere Lieblingsmusiker – Antimateria, Jay Y, Comanche 201 – sind wirklich berühmt und reich! Und mit *The Dudes* haben wir auch schon den passenden Namen!

Dann ist es allerdings Mike, der vorsichtig den Finger hebt und sagt: »Es gibt da ein kleines Problem, Leute. Um als Rapper berühmt zu werden, muss man rappen können.«

Wir sehen ihn erstaunt an. Könnte glatt sein, dass er recht hat, denke ich.

Musti aber schüttelt den Kopf und sagt: »Das soll Problem sein? Ist nicht. Weil, wir können rappen. Willsu hören?«

Bevor Mike etwas sagen kann, legt Musti auch schon los.

Ey, Alter, träumst du reich sein?
Und der Rap ist deine Karriere?
Dann spuck in die Hände rein,
akzeptiere keine Barriere!

Musti nickt uns auffordernd zu. Spike und ich stehen auf, machen ein paar Dance-Moves und steigen in den Rap mit ein. Spike macht den Anfang:

Jeden Tag denk ich, ich bin faul
und ich kriege echt nichts hin.
Aber dann check ich, dass es nichts macht,
weil ich so bin, wie ich bin.

Ich bin an der Reihe und lege los:

Vergesst alles, was ihr bisher kanntet,
alle Namen, die ihr nanntet.
Ab sofort gibt es etwas Neues zu hören.
Es sind The Dudes, die müsst ihr hören!

Wir wollen gerade mit der nächsten Strophe starten, als wir hinter uns ein Hüsteln hören. Als wir uns umdrehen, sehen wir, dass sich dort sämtliche anderen Gäste des Coffeeshops versammelt haben. Ein Mann tritt nach vorne und erklärt: »Äh, Jungs, also … wir haben Geld gesammelt, das wir euch geben möchten. Hier.«

Er hält uns eine Handvoll Münzen hin. Musti strahlt übers ganze Gesicht und erklärt in unsere Richtung: »Seht ihr! Funktioniert! Erster Schritt zur Weltkarriere ist gelungen. Die Leute sind begeistert. Und erste Gage haben wir auch schon verdient. Ist das fett, oder was?! Los, Leute, machen wir weiter!«

Er will gerade wieder loslegen, als der Mann ihn mit einer Handbewegung stoppt. »Also, um ehrlich zu sein …

das Geld ist eher dafür, dass ihr NICHT weiterrappt. Uns allen tun nämlich die Ohren weh von eurem Geschrei!«

Musti ist verblüfft: »Dann hat es euch nicht gefallen?«

Die Leute fangen an zu lachen und der Mann erklärt: »Na ja, also ... es war der schlechteste Rap, den die Welt jemals gehört hat. Musiker solltet ihr besser nicht werden.«

Frustiert kehren wir an unseren Tisch zurück. Die Idee mit dem Rappen führt also auch zu nichts.

Natürlich lassen wir uns nicht lange davon abhalten, die nächste Idee auszuhecken. Diesmal ist es Spike, der etwas vorschlägt: »Jetzt mal ehrlich, Leute. Was machen die meisten Leute, die jung und gleichzeitig berühmt sind?«

Wir zucken nur mit den Schultern. Also löst Spike sein eigenes Rätsel auf und erklärt: »Ist doch logisch. Sie sind Influencer. So wie Kylie Jenner. Oder Bibi, die Tante vom Beauty Palace. Oder die ganzen Fußballer, die auch auf Insta sind!«

»Du meinst ...«

Spike strahlt mich an: »Klar! Wir werden Influencer! Und zwar richtig berühmte Influencer!«

Wir sind sofort Feuer und Flamme. Spike hat selbstverständlich recht. Die wahren Karrieren finden heutzutage auf Instagram statt. Wieso sind wir darauf nur nicht früher gekommen? Schon bald werden wir Millionen von Followern haben!

Dann bin allerdings ausgerechnet ich derjenige, der uns auf den Boden der Tatsachen zurückholt. Indem ich eine einfache kleine Frage stelle: »Nur eines haben wir bisher noch nicht geklärt. Auf welchem Gebiet influencen wir eigentlich genau?«

»Ist logisch«, sagt Musti. »Wir werden Rap-Influencer!«

Wir anderen rollen nur mit den Augen. Nach und nach gehen wir alle anderen Themen durch, die uns einfallen. Mode, Sport, Reisen, Kochen. Blöderweise haben wir von keiner dieser Sachen wirklich Ahnung. Womit wir uns auskennen, sind Dinge wie Sprayen, Keine-Hausaufgaben-Machen, Stubenarrest. Aber wie will man damit Influencer werden?!

Schon merke ich, wie mich ein leiser Zweifel an meinen neuen Karriere-und-Reichtums-Plänen befällt. Aber dann spüre ich irgendwo tief in mir drin so etwas wie eine Idee. Mir wird klar, worin genau mein Einfall besteht. Ich strahle die Jungs an und erkläre: »Leute! Jetzt weiß ich, was wir machen werden!«

24.

Wir werden nicht Erfinder, nicht Rapstars und auch keine Influencer, wir werden Unternehmer! Genauer gesagt, werden wir eine Firma gründen und damit in der *Höhle der Löwen* auftreten. Zum ersten Mal in der Geschichte der Sendung werden alle, wirklich alle Löwen sich darum reißen, bei uns einzusteigen! Es wird regelrecht eine Prügelei darum geben, wer in unsere Firma investieren darf.

*Die **Höhle der Löwen** ist unsere Lieblingssendung.*

*Da ist zum Beispiel **Karsten Ascheimer.** Er ist unfassbar reich. Jeder, der mit ihm zusammenarbeitet, wird auch unfassbar reich.*

*Oder **Ralf Pummel.** Er ist der Herr der Supermarktregale. Wenn er dein Löwe wird, bist du ein gemachter Mann.*

Mit dabei ist auch ***Judith Will.i.am.*** *Keine Ahnung, ob sie mit dem Rapper verwandt ist. Wenn sie deine Löwin wird, bist du automatisch Multimillionär.*

Dann ist da noch ***Frank Tele-Man.*** *Trocken wie ein altes Brötchen, aber cool wie ein Androide. Er ist unser Lieblingslöwe. Wenn er bei uns einsteigt, ist unsere Karriere perfekt.*

Das Gute an der Löwen-Unternehmer-Idee ist, dass sie gleich beide meiner Probleme auf einmal löst. Erstens werde ich – und damit auch die Dudes – berühmt. Und zweitens verdienen wir einen Riesenhaufen Geld. Damit kann ich dann nicht nur die Poolreinigung bei den Çeliks bezahlen – ich kann ihnen, wenn sie wollen, gleich einen neuen Riesenpool im Olympiaformat bauen lassen. Inklusive Zehn-Meter-Sprungturm! Und für mich selbst bleibt immer noch genug übrig.

Eine kleine Schwierigkeit gibt es aber trotzdem noch. Das heißt, so klein ist sie gar nicht. Eher ziemlich groß. Wir wissen nicht, was für eine Firma wir überhaupt gründen wollen.

Wir grübeln eine Weile herum.

»Irgendetwas mit Wissenschaft«, sagt Mike schließlich.

»Oder etwas mit Autos«, sagt Musti.

»Wie wäre es mit einer App?«, schlägt Spike vor.

Wir sehen ihn überrascht an. Spike hat eine Idee! Das ist zuletzt vorgekommen, als er unmittelbar nach seiner Geburt auf den Gedanken kam zu atmen. (Na ja, und vorhin, als er das mit dem Influencen sagte. Aber das war eine Ausnahme.)

Hinzu kommt, dass sein Vorschlag genial ist. Eine App! Das lässt sich ja wohl auf die Beine stellen!

»Aber was für eine App?«, frage ich.

Die nächste Grübelrunde setzt ein.

Dann schnippt Mike mit den Fingern und ruft: »Eine Wissenschafts-App!«

»Oder eine Auto-App«, sagt Musti.

»Oder eine App-App«, sagt Spike.

»Was soll das denn sein?«

»Keine Ahnung. Müssen wir halt noch erfinden!«

Ich schüttel den Kopf und sage: »Leute, so wird das nichts. Wir müssen jemanden fragen, der sich mit so etwas auskennt.«

25.

Am nächsten Nachmittag sitzen wir bei jemandem, der sich auskennt. Nämlich bei Mustis Vater. Mr K. ist Unternehmer und betreibt eine erfolgreiche Im-und-Export-Firma. Er ist reich. Wer könnte uns bei unserer Unternehmensgründung besser helfen als er?

Mr K. sitzt hinter seinem riesigen Schreibtisch und wirkt wie der König der Wallstreet. Wir vier sitzen auf der anderen Seite und kommen uns vor wie die vier Hobbits aus dem Herrn der Ringe, die vor Gandalf, dem mächtigen Zauberer, sitzen.

»Was für eine Firma wollt ihr gründen?«, fragt Mr K.

»Eine, bei der alle Löwen aus der Löwenhöhle einsteigen wollen«, antworte ich.

»Bei der uns die Löwen mit ihren Millionen überschütten«, ergänzt Mike.

»Jeder Löwe kriegt mindestens die Hälfte unserer Anteile. Macht bei fünf Löwen … ziemlich viel«, fügt Spike hinzu.

Herr K. unterdrückt ein Grinsen. »Das klingt ja alles ganz gut. Aber was genau macht eure Firma?«

»Das ist exakt das Problem, Mr K. Wir wissen es noch nicht«, erkläre ich.

Mr K. unterdrückt einen Lachanfall.

»Ihr wisst es nicht?«

»No. Haben keinen Schimmer.«

»Das ist schlecht«, sagt Mr K.

»Sehr schlecht«, bestätigen wir im Chor.

»Leute wie ihr, die selbst keine Ideen haben, werden normalerweise Unternehmensberater. Vielleicht wäre das etwas für euch?«, fragt er.

»Nein, schließlich wollen wir etwas Besonderes auf die Beine stellen. Etwas, das uns reich und berühmt macht«, erklärt Mike.

Spike sagt: »Wir haben ja Ideen. Sie fallen uns nur gerade nicht ein.«

Mr K. schafft es nun nicht mehr, seinen Lachanfall zurückzuhalten. Als er fertig ist, wischt er sich die Tränen aus den Augen und sagt: »Wisst ihr, was, Jungs? Anstatt eine eigene Firma zu gründen, könntet ihr erst einmal bei mir ein Praktikum machen. Was haltet ihr davon? Dabei lernt ihr, wie es in der Wirtschaft zugeht. Danach könnt ihr immer noch etwas Eigenes auf die Beine stellen.«

»Bei einem Praktikum wird man nicht reich und berühmt, oder?«, frage ich.

»Nein, eher nicht.«

»Kommt dann eher nicht infrage. Trotzdem danke, Mr K.«

Wir verabschieden uns. Wir sind schon an der Tür, als Mr K. sagt: »Ich habe noch einen kleinen Tipp für euch. Bevor ihr eine Firma gründet, müsst ihr herausfinden, was eure Stärken sind. Dann kommt die Idee für ein eigenes Unternehmen automatisch.«

26.

An diesem Abend liege ich im Bett und kann nicht schlafen. Ständig muss ich an Mr K.s Abschiedsworte denken. Er meinte, wir sollten erst einmal herausfinden, was unsere Stärken sind. Das Problem ist, dass wir eigentlich eher Schwächen als Stärken haben. Bringt es auch etwas, wenn man die herausfindet?

Gerade als ich einschlafen will, trifft mich der Blitz der Inspiration. Jetzt weiß ich, was wir machen werden!

27.

Am nächsten Nachmittag treffen wir uns zur nächsten Businessbesprechung. Eigentlich wollen wir wieder in den *Aloha Waikiki Coffeeshop.* Spike erklärt uns aber, dass er dort erstens rausgeflogen ist und zweitens Hausverbot hat. Angeblich hätte er zu wenig Umsatz gemacht. Total unfair. Niemand hatte ihm gesagt, dass man bei einem Schülerjob auch arbeiten müsse.

Wir gehen ins *FiftyFive,* unseren Lieblingsdiner. Da gibt es die besten Burger und die besten Milchshakes. Wir setzen uns hin und ich erkläre den Dudes, was mir gestern Nacht eingefallen ist. »Leute, ich habe die Lösung für unser Problem gefunden. Dein Vater, Musti, meinte ja, wir sollen herausfinden, was unsere Stärken sind. Da wir aber leider keine Stärken haben, habe ich stattdessen herausgefunden, was unsere Schwäche ist! Und die wird uns zu unserem Durchbruch verhelfen!«

Musti, Mike & Spike sehen mich fragezeichenmäßig an. Musti fragt: »Was ist denn unsere Schwäche?«

»Dass wir keine Ideen haben«, erkläre ich.

»Und wie sollen wir damit den Durchbruch erzielen?«

»Ganz einfach. Wir wollen zur Höhle der Löwen, wissen aber nicht, womit. Richtig?«

»Richtig.«

»Also werden wir einfach selbst Löwen. Dann hören wir uns die Ideen von anderen Leuten an und helfen ihnen dabei, etwas daraus zu machen!«

Die Dudes sind sofort begeistert. Schließlich sind die Löwen noch berühmter als die Leute, die sich bei ihnen bewerben. Das größte Problem ist allerdings, dass wir unsere Ideenshow nicht *Höhle der Löwen* nennen dürfen. Von wegen Copyright und so.

Musti, Mike & Spike sind total enttäuscht.

Dann grinst Spike und sagt: »Ist kein Problem, Leute. Wir nennen unsere Show einfach genauso, aber anders.«

»Und wie?«, fragen wir anderen.

Spike wirft sich seine arschlangen Dreadlocks aus dem Gesicht und sagt: *»Die Höhle der Möwen!«*

28.

In den folgenden Tagen fragen wir uns, ob unser Plan wirklich so gut ist. *Höhle der Möwen* ... kann das funktionieren?

Als wir aber einigen unserer Mitschüler davon erzählen, sind alle total begeistert.

Sie finden, dass es eine genialer Plan ist und wir ihn unbedingt in die Tat umsetzen sollen.

Unser größtes Problem ist, dass die echten Löwen in der Sendung ja alle total reich sind. Nur darum können sie den jungen Unternehmensgründern helfen.

Wir sind nicht reich.

Andererseits kennen wir ein paar reiche Leute. Also fragen wir die, ob sie Lust haben, bei unserem Projekt mitzumachen. Alle, mit denen wir sprechen, sagen sofort zu. Darunter sind ein paar Mütter und Väter von Mitschülern, die eigene Firmen haben und begeistert einsteigen wollen. Außerdem gewinnen wir Herrn Hansami, einen Architektenkollegen meines Vaters, der auch reich ist. Stinkreich sogar.

Die größte Überraschung aber bereitet uns Mr K., Mustis Vater. Ihm gefällt unsere Idee auch gut. Aber anstatt selbst als Möwe mitzumachen, schlägt er vor, dass er uns sozusagen sponsert. Wir dürfen als Möwen bei der Show mitmachen – und

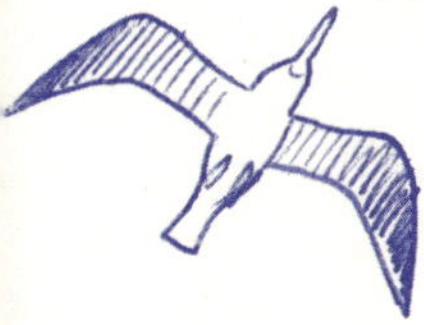

wenn wir in ein Unternehmen einsteigen wollen, will er uns das Geld dafür geben. Das übertrifft alle unsere Erwartungen!

Am Ende präsentieren wir die Idee Toaster-Manni, unserem Direktor. Er heißt eigentlich Manfred Gerolnick. Auch er ist total begeistert von unserem Plan. Er verspricht uns, dass unsere Show in der Schulaula stattfinden kann.

29.

Überlege fieberhaft, was ich tun kann, um bei Delphine gute Stimmung zu machen. Am einfachsten wäre ja, ich würde mal mit ihr reden. Blöderweise geht sie mir in der Schule aber immer aus dem Weg.

Muss mir also etwas Besseres einfallen lassen.

Ich könnte ihr eine Nachricht ans Schultor sprayen – allerdings wäre lebenslanger Stubenarrest die Folge. Das weiß ich, weil ich es schon einmal ausprobiert habe. Keine gute Idee.

Ich könnte ihr einen Brief schreiben – aber ist das nicht viel zu oldschool?!

Ich könnte ihr eine Videobotschaft schicken – aber hält sie mich dann nicht für feige, weil ich eben nicht direkt mit ihr rede?!

Ich könnte mich nachts unter ihr Fenster stellen und ein Liebeslied singen – aber bei meiner Stimme würden alle Nachbarn die Polizei alarmieren.

Ich könnte … sie aber auch einfach vergessen. Weil ich mir das mit ihr vermutlich sowieso nur einbilde. Und weil mein Berühmt-und-reich-Plan jetzt meine ganze Aufmerksamkeit erfordert.

30.

Endlich ist der große Tag gekommen. Unsere erste *Höhle der Möwen*-Show kann beginnen. Die Aula ist bis auf den letzten Platz besetzt. Sogar ein paar Leute von der Zeitung und ein Team vom Stadtfernsehen sind gekommen. Es ist der Wahnsinn!

Wir sitzen zusammen mit den anderen Möwen oben auf der Bühne. Alle machen es sich in ihren großen Sesseln bequem. Nur bei uns ist es nicht ganz so bequem, weil wir uns zu viert einen Sessel teilen müssen. Nach und nach treten unsere Mitschüler auf und präsentieren ihre Ideen.

Den Anfang macht Erik Zumbass aus der Zehnten. Er hat eine App erfunden, mit der er den morgendlichen Dauerstau wegen der Elterntaxis vor der Schule lösen möchte. Man meldet sich bei der App an und dann bringt jede SUV-Mom nicht nur ihre eigenen Kinder zur Schule, sondern auch gleich noch ein paar andere. Logische Folge: Der Verkehr vor der Schule wird reduziert, das Klima freut sich und

die Fahrrad-Kids kommen endlich wieder lebendig zum Unterricht.

Die App hat noch eine Zusatzfunktion, mit der sich die SUV-Moms zum Kaffeetrinken verabreden können. Perfekt!

Alle Möwen sind begeistert und zwei von ihnen investieren in Eriks App. Wir lassen lieber die Finger davon. Erstens kann man damit nicht reich und berühmt werden. Und zweitens ist der Dauerstau vor der Schule immer eine gute Entschuldigung, wenn wir zu spät zum Unterricht kommen. Warum also etwas dagegen unternehmen?

Als Nächstes kommt Julia Trabach nach vorne. Sie ist erst in der fünften und redet mit einer so leisen Piepsstimme, dass man sie kaum hören kann. Sie hat ein neues Bullet Journal gestaltet. Es ist voller To-do-Listen und Möglichkeiten, sein eigenes Leben zu ordnen. Wieder sind alle Möwen begeistert. Gleich drei von ihnen unterstützen Julia. Wir überlegen auch, ob wir einsteigen sollen. Aber dann wiederum ist »Leben ordnen« nichts, wofür wir uns wirklich begeistern können. Schließlich sind wir Chaoten. Wenn also jemand ein Bullet Chaos Journal erfindet, wären wir sofort als Möwen dabei.

Die Nummer drei ist Raoul Alvarez aus der sechsten Klasse. Er hat ein Pupsometer erfunden, mit dem man die Stinkqualität von Pupsen messen kann. Keine Möwe steigt ein, auch wir nicht. Aber viele unserer Mitschüler werfen ihr Taschengeld auf die Bühne, um ihn bei der Entwicklung seines Produktes zu unterstützen. Er bekommt den lautesten Applaus.

Danach kommen noch fünf weitere Gründerkids auf die Bühne. Almira Darzi hat eine Fahrradhupe erfunden, die so laut ist, dass man sogar Laster von der Straße weghupen kann – alle Möwen sind begeistert. Wir wollen auch einsteigen, aber Almira entscheidet sich für eine andere Möwe. Denis Laumann hat einen magischen Spickzettel erfunden, der sich auf Nanometergröße zusammenfalten lässt – auch bei ihm wollen wir einsteigen, bemerken aber die bösen Blicke, die Mr K. uns aus dem Publikum zuwirft. Also lassen wir es lieber. Macht aber nichts, denn wieder fliegt Taschengeld aus

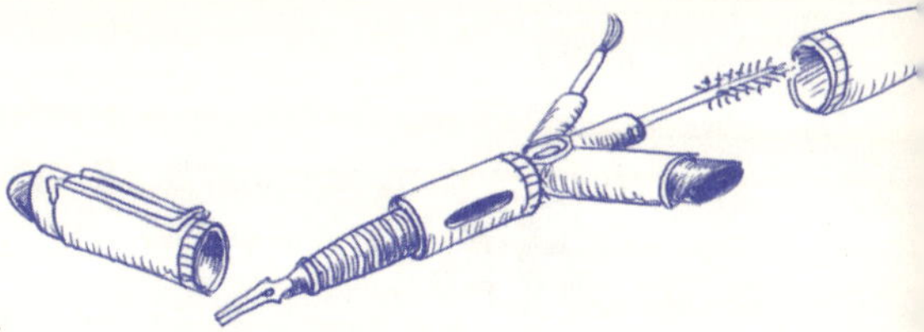

der Aula nach vorne. Lauretta Hamann stellt ihren Schminkfüller vor, mit dem man gleichzeitig eine Klassenarbeit schreiben und sich die Augenbrauen anmalen kann. Keine Möwe steigt ein, auch wir nicht. Aber der Taschengeldregen bleibt nicht aus. Yasin Gül präsentiert eine Vokabel-Trainings-App und Tanja Sandmann eine App zum Matheüben. Beide finden jeweils eine Möwe, die sie unterstützt. Für uns aber ist wieder nicht das Richtige dabei. Schließlich bleibt Vokabeln lernen auch mit App ätzend. Und Mathe üben brauchen wir nicht, weil Mike ein wahres Rechengenie ist und immer unsere Hausaufgaben macht.

Am Ende kommen noch einmal alle Teilnehmer auf die Bühne. Toaster-Manni dankt mir und den Dudes mit Handschlag für unsere tolle Idee. Der Abend endet in tosendem Applaus. Erst jetzt merken wir so richtig, dass wir nicht einen einzigen Deal gemacht haben! Entweder sind uns die anderen Möwen zuvorgekommen. Oder die Ideen haben uns doch nicht so gut gefallen.

Zuerst sind wir ein wenig enttäuscht. Aber dann wird uns klar, dass es gar nichts macht. Erstens wäre es ja gar nicht unser eigenes Geld gewesen, das wir investiert hätten. Und zweitens hat uns die ganze Aktion auch so einen Riesenspaß gemacht. Und das ist schließlich wichtiger als alles andere.

Um reich und berühmt zu werden, müssen wir uns halt etwas anderes einfallen lassen.

31.

In den Tagen nach der Show sind die Dudes und ich kugelrundum zufrieden. Klar, mein Finanzproblem ist nicht gelöst worden. Ich weiß immer noch nicht, wie ich die Poolreinigung bei den Çeliks bezahlen soll.

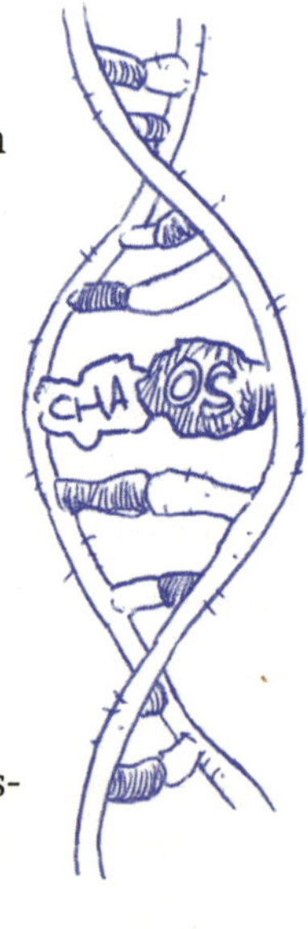

Aber unsere Höhle-der-Möwen-Aktion war der Kracher. Wir sind vielleicht keine Superstars geworden. Aber berühmt sind wir trotzdem. Es gibt jede Menge Zeitungsartikel über uns. Und wir haben sogar einen kurzen Auftritt im Lokalfernsehen.

Außerdem sind unsere Eltern total stolz auf uns. Das gilt auch für meine Mom und meinen Dad. Zum ersten Mal halten sie es für möglich, dass ich neben meinem Chaosgen auch noch ein paar andere Gene habe.

32.

Bin trotz unseres Erfolgs mit der Möwenshow in einer Seufz-Stimmung. Liegt natürlich an Delphine. Wollte sie zwar vergessen, kann ich aber nicht.

Muss also doch mit ihr sprechen. Am nächsten Tag in der großen Pause mache ich mich auf die Suche nach ihr.

Ich finde sie hinten beim großen Gemüsegarten, wo die Öko-AG der Schule Salat und Gemüse anbaut. Delphine ist Mitglied der AG und steht dort mit ein paar ihrer Freundinnen.

Als ich mich nähere, höre ich, dass die Mädchen sich gerade über Jungs unterhalten.

Ein Mädchen namens Jasmin sagt: »Es gibt nur eine Lösung für das Problem: Wir müssen sie ausrotten! Totale Vernichtung ist angesagt!«

Suzanna stimmt ihr zu: »Am Ende dürfen sie nicht einmal mehr zucken. Und wer sich doch noch regt, wird gefangen genommen und irgendwo im Wald wieder freigelassen.«

»In Frankreich machen wir es genauso«, erklärt Delphine mit entschlossener Stimme. »Wenn wir sie nicht mit den eigenen Händen erledigen können, nehmen wir Gift. Hauptsache, wir haben am Ende unsere Ruhe!«

Schock und Doppelschock … vielleicht sollte ich doch lieber Abstand von Delphine halten?! Wusste nicht, dass sie so eine krasse Jungshasserin geworden ist.

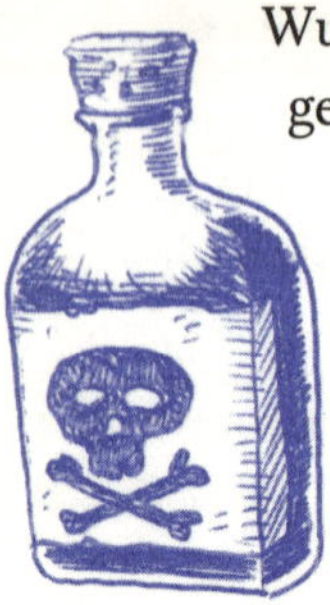

Will mich still und heimlich davonschleichen, als Jasmin sagt: »Andererseits sind Schnecken nicht das einzige Problem im Gemüsebeet. Unkraut ist auch schlimm. Es ist eine Menge Arbeit, bevor man beides los wird.«

Schnecken? Unkraut? Dann haben die Girls gar nicht über Jungs gesprochen?! Ich atme erleichtert auf und wische mir den Schweiß von der Stirn.

Überwinde meinen kurzen Schreck und nähere mich den Mädchen. Als sie mich bemerken, sehen sie mich ultraböse an – so als wäre ich eine Monsterschnecke oder ein Killer-Unkraut, das sich über ihr Gemüsebeet hermachen will. Sprühen sie mich doch gleich mit Gift ein?

Ich beschließe, das Risiko einzugehen. Schließlich habe ich im Moment ein unerschütterliches Selbstbewusstsein. »Hey, Delphine. Wie geht's?«

Sie kneift die Augen zusammen und sieht mich fragend an. *»Qui es tu?* Wer bist du? Kennen wir uns?«

»Aber … ich bin es doch, Felix.«

»Das weiß isch, Dummkopf. Aber du hast drei Wochen lang nicht mit mir geredet. *Pas un mot!* Kein Wort!

Ich dachte, du willst nichts mehr mit mir zu tun haben.«

»Aber … das war doch umgekehrt. Du hast so getan, als siehst du mich nicht!«

»*Tu dis des bêtises!* Red keinen Unsinn, Felix.«

Soll ich ihr jetzt erklären, wie es wirklich war? Und dass ich zugegebenermaßen Angst hatte, ihr unter die Augen zu treten? Weil ich sie auf der Party so enttäuscht habe? Und ich mir sowieso wie ein Loser vorkam?

»Es tut mir leid, Delphine. War blöd von mir. Jedenfalls wollte ich fragen, ob wir vielleicht etwas zusammen unternehmen wollen. Ich würde dich gerne mal zum Dinner einladen. Was sagst du?«

Sie überlegt kurz, lächelt und sagt:

»Zum Dinner? Klar, warum nicht.«

»Super. Vielleicht morgen Abend?«

»Morgen Abend passt gut.«

»Dann hole ich dich ab. Freue mich total.«

»Ich mich auch. Allerdings wäre es schön, wenn das Ganze nicht wieder in einer Prügelei oder einem anderen Total-Chaos endet wie auf der Party. Meinst du, das kriegst du hin?«

Ich will etwas antworten, aber dann merke ich, dass Delphine lacht. Ich lache auch und sage: »Ich werde mir Mühe geben. Aber versprechen kann ich nichts. Außerdem … meintest du nicht, du magst Chaos? Weil du selbst eine Chaotin bist?«

»Kann schon sein. Wir werden sehen.«

33.

Bin so in meine Zuckerwatte-Seifenblase-gute-Laune versunken, dass ich nichts um mich herum mitkriege. Auch nicht, dass Alex Trabach mich bei meinem Gespräch mit Delphine belauscht hat. Jetzt schlägt er sich mit der Faust in die Hand. Er grinst Lucifer-mäßig und murmelt: »Du glaubst, dass der Abend nicht wieder im Chaos versinkt, Freundchen? Und ob er das wird. Und zwar zehn Mal schlimmer, als du es dir ausmalen kannst. Dafür werde ich schon sorgen!«

Wie gesagt, bekomme ich das alles nicht mit. Weil ich schubidubidu-mäßig völlig weggetreten bin. Kann nur noch an morgen Abend denken. Und an mein bevorstehendes Date mit Delphine! Jetzt wird endlich alles wieder gut!

34.

Bin für den Rest des Schultages zu nichts mehr zu gebrauchen. Im Matheunterricht sage ich ein Gedicht von Goethe auf. In Physik erzähle ich etwas über das Paarungsverhalten der sibirischen Bisamratte. Und im Deutschunterricht rede ich auf einmal Französisch.

Liegt an Delphine.

Und an unserem Date.

Alle lachen über mich.

Ist mir total egal.

Love & Doppel-Love!

35.

Am nächsten Tag bin ich nervös wie nie! Heute Abend ist es so weit. Ich werde Delphine zu unserem ersten richtigen Date abholen. Es ist klar, dass ich ihr etwas Besonderes bieten muss, allein schon, um die Sache mit der Party auszugleichen.

Aber was?

Ich habe nicht die geringste Idee. Hilfe!

Zum Glück ist auf die Dudes Verlass. Sie warten nach der Schule auf mich. Wir gehen gemeinsam zum Diner. Sobald wir uns hingesetzt und etwas zu trinken bestellt haben, überbieten sie sich mit Vorschlägen, wie ich den Abend optimal gestalten könnte.

Musti macht den Anfang. »Das Wichtigste ist, dass du Delphine vom ersten Moment an beeindruckst. Darum ist klar, dass du sie mit einer Superstretch-Mega-Limousine von zu Hause abholen musst. Checko, Alter?«

»Null checko, Musti. Wovon soll ich so eine Limo denn bezahlen? Etwa von meinem Taschengeld? Es reicht doch jetzt schon nicht.«

Spike mischt sich ein und sagt: »Dann überfall halt vorher eine Bank, Alter. Und sag jetzt nicht, dass Delphine dir das nicht wert ist.«

»Doch, ist sie. Aber wenn ich erwischt werde und erst einmal zwanzig Jahre im Knast sitze, was dann? Glaubst du, sie wartet so lange auf mich?«

»Wenn sie es nicht tut, ist sie ohnehin die Falsche. Vergiss das Date! Ist sinnlos!«

»Danke, Spike, bist echt eine Hilfe.«

Spike strahlt. »Keine Ursache, Mister. Glaub mir, noch keins meiner Dates hat funktioniert. Darum kenne ich mich echt gut mit allem aus, das garantiert nicht funktioniert.«

»Beruhigend.«

Mike, der sich bisher zurückgehalten hat, meldet sich zu Wort: »Das mit der Stretchlimo geht schon CO_2-mäßig nicht. Wie wäre es stattdessen mit einem Heißluftballon? Du holst Delphine ab und ihr schwebt zusammen auf direktem Weg in den siebten Himmel! Das nenne ich mal romantisch!«

»Und woher soll ich einen Heißluftballon nehmen?«

»Stimmt auch wieder. Dann halt 'ne Pferdekutsche.«

Musti prustet: »Aber eine 700-Pferdestärken-Kutsche. Heißt auf Deutsch Ferrari.«

»Ich habe aber keinen Führerschein«, wende ich ein.

»Egal, oder was? Mein Cousin Abdi hat auch keinen

Führerschein, und fährt trotzdem Ferrari.«

Spike, der mit seinen Gedanken mal wieder Timelab-mäßig hinterherhinkt, sagt mit nachdenklicher Stimme: »Wieso ist es eigentlich immer der *siebte* Himmel? Was ist mit Nummer eins bis sechs? Hakt man die im Vorbeifliegen ab? Oder ist es da blöd? Vielleicht ist Himmel Nummer fünf viel geiler als Nummer sieben?!«

Musti, Spike & Mike fangen an, über die verschiedenen Etagen des Liebeshimmels zu diskutieren. Außerdem geht es immer wieder um die Fahrzeuge, mit denen ich Delphine abholen könnte. Am Ende sind sie sich einig, dass ich mindestens mit Elon Musks SpaceX-Rakete anrücken muss. Alles andere wäre garantiert eine Enttäuschung für Delphine.

Einerseits lache ich mich tot über die Vorschläge der Dudes. Andererseits bin mir nicht so sicher, ob sie wirklich eine Hilfe für mich sind.

Dann aber schwenken die Dudes auf eine ernstere Umlaufbahn ein. Sie wollen mir wirklich helfen, schließlich wissen sie, wie viel mir Delphine bedeutet. Gemeinsam baldowern wir ein paar richtig gute Ideen aus, wie ich ihr einen unvergesslichen Abend bereiten kann.

36.

Als ich nach Hause komme, finde ich blöderweise wieder einen Zettel von meinen Eltern. Diesmal soll ich:

- *Geschirr spülen*
- *den Müll rausbringen*
- *unsere Fahrräder aufpumpen*
- *ein Paket von Mom zur Post bringen*

Grummelnd mache ich mich an die Arbeit. Bin wegen des bevorstehenden Dates nicht so richtig bei der Sache. Pumpe darum den Müll auf und spüle Moms Paket, bringe den Müll zur Post und stopfe die Fahrräder in die Tonne …

So, alles erledigt. Jetzt kann ich mich endlich um mein Styling kümmern.

37.

Stehe unter der Dusche und schmirgel mir den üblichen Alltagsdreck vom Körper. Nutze dazu Seife, Shampoo, Shower-Foam und Duschöl. Zwischendurch befürchte ich, dass ich als erster Mensch überhaupt an einer Überdosis Seifenblasen sterbe.

38.

Das Thema Kleidung steht an. Für das, was ich mit Delphine vorhabe, wäre ein Anzug ungeeignet. Überhaupt wäre ein übertriebenes Styling mit allzu schicken Klamotten blöd. Das macht die Sache nicht einfacher.

Entscheide mich dafür, Jenny um Hilfe zu bitten. Sie nörgelt erst herum, lässt sich dann aber verschiedene meiner Lieblings-T-Shirts vorführen.

T-Shirt Nummer eins gefällt ihr schon ganz gut, weil vorne drauf ein riesiges Herz ist. Als ich mich umdrehe, sieht sie allerdings den Schriftzug auf der Rückseite. *I hate Girls.* Abgelehnt!

T-Shirt Nr. 2 ziert ein Bild meines Lieblingsrappers Antimarteria. Darunter eine Songzeile von ihm: *All Girls are terrible.* Jenny rät mir ab.

T-Shirt Nr. 3 zeigt einen riesigen Totenkopf. Jenny senkt den Daumen.

Nr. 4 hat fakemäßige Einschusslöcher, aus denen Blut quillt. Schlechte Wahl, meint Jenny.

Nr. 5 hat ein Foto aus einem Zombie-Film vorne drauf. Auf dem Rücken steht: *Lieber tot als verliebt.* Jenny tippt sich gegen die Stirn.

Bei den Shirts 6 bis 28 ist es dasselbe. So vergeht eine Viertelstunde. Mein T-Shirt-Vorrat ist mehr oder weniger verbraucht. Ganz unten in meinem Schrank stoße ich auf ein uraltes Teil, das mir meine Tante mal zu Weihnachten geschenkt hat. Es zeigt Sven, den Elch, der auf einem zugefrorenen See ausrutscht.

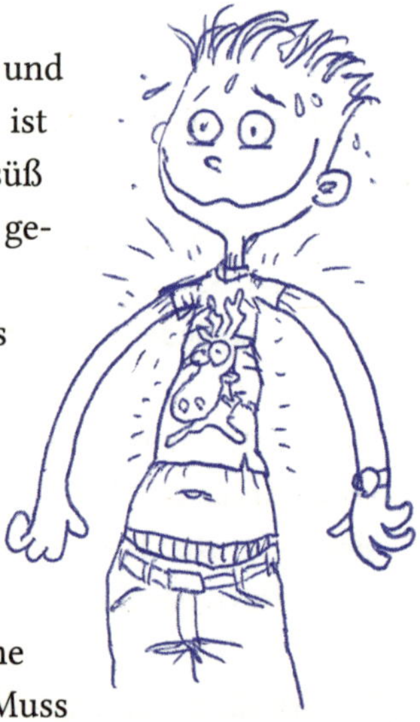

Jenny applaudiert begeistert und sagt mit Juchz-Stimme: »Das ist niedlich! Darin siehst du voll süß aus, Brother! Es wird Delphine gefallen!«

Ich ziehe das T-Shirt über. Es ist viiiieeel zu klein. Ich sehe aus, als wollte ich mich als Erstklässler verkleiden. Will zurück zum Kleiderschrank. Mein Blick fällt auf die Uhr. Bin jetzt schon zu spät! Habe keine Zeit mehr, mich umzuziehen. Muss also so bleiben und bauchfrei und mit eingequetschten Armen gehen.

39.

Komme zwanzig Minuten zu spät bei Delphine an. Für meine Verhältnisse ist das superpünktlich. Ich klingel bei ihren Gasteltern, Mr und Mrs Spülmann. Ihre Gastmutter, Ilona Spülmann, macht die Tür auf. Sie kennt mich, weil ihre Tochter Luisa mit Jenny in eine Klasse geht.

»Hallo, Felix. Du bist hier, um Delphine abzuholen, richtig?«

»Richtig, Mrs Spülmann. Alles klar bei Ihnen?«

Sie nickt und sieht dann mein viel zu kleines Platztgleich-T-Shirt. Verwundert schüttelt sie den Kopf. »Ist das eine neue Mode, Shirts zehn Nummern zu klein zu tragen? Oder soll ich dir vielleicht ein Shirt von unserem Raffael leihen? Es dürfte dir zwar etwas zu groß sein, aber es ist bestimmt bequemer als das da.«

Raffael ist der älteste Sohn der Spülmanns. Er geht schon auf die Universität und spielt Basketball. Er ist über zwei Meter groß und hat einen Brustkorb wie ein Kodiakbär. Ein T-Shirt von ihm würde an mir aussehen wie ein Ein-Mann-Zelt. Wäre also keine Verbesserung.

»Ist total nett, Mrs Spülmann. Aber ist schon in Ordnung so. Hab das Shirt mühevoll ausgesucht.«

Frau Spülmann seufzt. »Ich verstehe die jungen Leute und ihre Mode einfach nicht mehr … aber egal. Dann hole ich mal Delphine, was?«

»Wäre fett nett.«

40.

Delphine kommt zur Tür und mir verschlägt es den Atem. Sie sieht prinzessinnenmäßig heiß aus. Herzpoch und Doppel-Herzpoch!

Ihr Outfit ist speziell. Sie trägt Jeans und ein T-Shirt. Ein sehr besonderes T-Shirt. Vorne drauf ist ein Zombie-Bild und gefakte Einschusslöcher. Und hinten drauf steht: *All Boys are nasty. I hate them.*

Ich kringel mich vor Lachen. Delphine will wissen, was los ist. »Ist es wegen meines T-Shirts?«

»Schon. Sieht einfach genial aus.«

»Deins auch. Isch liebe Sven, den Elch. Warum hast du mir nicht gesagt, dass wir uns als Erstklässler verkleiden, dann hätte isch auch etwas in der Richtung rausgesucht.«

Frau Spülmann erscheint noch einmal an der Tür. Sie beugt sich zu mir und geht in den Flüstermodus: »Pass schön auf Delphine auf, in Ordnung?! Sie ist unsere Gasttochter. Wenn ihr etwas passiert, wäre es eine Katastrophe.«

»Machen Sie sich keine Sorgen, Mrs S. Sie kennen mich doch.«

»Eben!«

41.

Ich bringe Delphine zu dem Gefährt, das ich für diesen Abend ausgesucht habe. Es ist keine Stretchlimo, kein Ferrari und auch keine SpaceX-Rakete.

Es ist einfach nur ein gewöhnliches Lastenfahrrad, das ich ausgeliehen habe. Die vordere Ladefläche habe ich mit Kissen gepolstert. Delphine setzt sich hinein und ich strample uns rikschamäßig durch den Sommerabend.

Delphine findet es toll und meine Laune erreicht Himalaja-mäßige Höhen. Kann nur hoffen, dass ihr mein Plan für den restlichen Abend ebenso gefällt.

42. *un bateau*

Ich fahre uns bis ans Ufer eines Kanals, von denen es in unserer Stadt jede Menge gibt. Delphine hüpft von der Ladefläche. Ich führe sie hinunter ins Ufergebüsch.

Die Dudes haben Wort gehalten und sich um alles gekümmert. Am vereinbarten Ort ist ein Kanu vertäut (habe ich von Nachbarn geliehen und die Dudes haben es hergebracht). Die Ruder liegen bereit. Und wie es aussieht, haben sie auch alles andere an Bord gebracht, worum ich sie gebeten habe: einen großen Fresskorb (prall gefüllt mit Böreks, Sandwiches, Tofu-Döner, Salat und Nachtisch), mehrere Flaschen Coke und Traubensaft, dazu Teller, Besteck und Servietten. Meinem romantischen Picknick mit Delphine steht also nichts mehr im Weg ...

»Wow, *un bateau!* Ein Kanu! Fahren wir einfach nur so 'erum? Oder rudern wir zu einem bestimmten Ziel?«, fragt Delphine.

»Lass dich überraschen«, sage ich.

Ich halte ihr die Hand hin und Delphine klettert an Bord. Ich steige nach ihr ein. Wir paddeln los und ich bin fest überzeugt, dass alles perfekt läuft. Unser Ausflug kann nur ein Erfolg werden.

43.

In Filmen gibt es eine Million Szenen, in denen verliebte Paare in einem Boot sitzen und durch die Gegend rudern. Ist immer voll Cheek-to-Cheek-mäßig romantisch. Die Goldfische singen einen Lovesong und die Schwäne spielen Geige. Die Jungs müssen sich nie groß anstrengen, weil die Filmboote immer ganz von selbst durchs Wasser gleiten …

Stelle leider fest, dass das im echten Leben anders ist.

Nix Schwäne und null Gleiten.

Echtes Real-life-Kanu-Paddeln ist voll schwitzmäßige Schwerstarbeit.

Außerdem herrscht auf den Kanälen mehr Verkehr als auf der Gleiter-Autobahn von Coruscant zur Rushhour – ihr wisst schon, das ist der Planet mit dem Jedi-Hauptquartier.

Bin blöderweise aber kein Jedi-Meister. Darum kommt es immer wieder zu Beinahe-Crashs mit anderen Booten.

Delphine, die vorne sitzt, versucht, das Schlimmste zu verhindern: »Da kommt uns ein Boot entgegen, Felix! *À droite! Vite!* Schnell!«

»*À droite?* Ist das rechts oder links?«

»Da lang! Ich zeige es dir!«

Sie streckt den Finger aus. Ich paddel mir ’nen Wolf!

Das Ruderboot, das uns entgegenkommt, verfehlt uns um Haaresbreite. Stöhn und Doppelstöhn!

Will gerade tief durchatmen, als das Ganze von vorne losgeht.

Delphine: »Felix! Wieder ein Boot! *À gauche! À babord!* Schnell!«

»Wenn das erste rechts war, meinst du jetzt links, richtig?«

»Richtig!«

Ich mache wieder den Turbopaddler und ein entgegenkommendes Kanu verfehlt uns nur um Zentimeter!

44.

Nach ungefähr einer halben Stunde wird's endlich besser. Wir sind so weit gerudert, dass kaum noch andere Boote um uns sind. Die Dämmerung setzt ein. Vögel zwitschern. Aus der kleinen Bluetoothbox trällert Billie Eilish. Der Romantikfaktor erreicht das Maximum. Und wenn mich mein Gefühl nicht täuscht, steigt auch die Kuss-Wahrscheinlichkeit!

Seufz und Doppelseufz!

Will gerade mein Paddel zur Seite legen und den Picknickkorb zum Einsatz bringen, als Delphine plötzlich panikmäßig loskreischt: »Felix! Ein Motorboot! Es kommt direkt auf uns zu! Schnell, nach rechts! Nach links! *À tribord! À babord!* Egal, irgendwohin!«

Ich wende hektisch das Boot. Erst nach rechts. Dann nach links. Nützt aber nichts. Das Motorboot kommt immer noch direkt auf uns zu.

Delphine sieht es auch. Ihre Stimme überschlägt sich:

»*Quelle idiote!* Was macht der denn?! Ist der total *aveugle* oder was? Das 'eißt so viel wie blind …«

»Du hast recht. Der ist sogar mega-*aveugle!*«

Das Motorboot scheint mit voller Absicht Kurs auf uns zu nehmen. Wie eine römische Galeere auf Rammkurs!

Ich paddel olympiamäßig davon, aber es hilft nichts. Das Motorboot röhrt mit Höchstgeschwindigkeit vorwärts! Gleich erwischt es uns! Keine Frage, das ist Absicht … aber warum? Was soll das? Versuche zu erkennen, wer am Steuer sitzt, kann ich aber nicht. Der Typ, der das Ding steuert, hat seine Mütze zu tief ins Gesicht gezogen.

Ist er vielleicht ein Pirat?

Delphine und ich kreischen um die Wette. Wir werden versenkt! Ist nur noch eine Frage von Sekunden.

Erst im allerletzten Moment dreht der Kanalraudi ab! Puh, Glück gehabt. Dieser Iglokapitän wollte uns wohl nur einen Schreck einjagen …

… nein, wollte er nicht. Er weiß genau, was er tut! Denn sein blitzschnelles Wendemanöver löst einen mittelgroßen Tsunami aus, der genau auf uns zurollt.

Muss das Kanu auf die Welle ausrichten!

Paddel und Doppelpaddel!

BLUBBER

UND DOPPELBLUBBER

Zu spät!

Ich schreie: »Delphine! Wir kennteeeeerrrrrn!«

Der Tsunami erwischt uns volle Kanne. Delphine und ich gehen in einem hohen Bogen von Bord und tauchen ins dunkelgrüne, schlammige Kanalwasser. Das Kanu läuft voll und sinkt. Alle unsere Sachen sind verloren.

45.

Kraule durchs glibschige Kanalwasser und zähle dabei meine Knochen. Alle noch da. Und ertrunken bin ich auch nicht. Gut so weit.

Aber was ist mit Delphine? Wo ist sie? Kann sie überhaupt schwimmen? Wäre bei ihrem Namen ja wohl ein Witz, wenn sie es nicht könnte!

»Delphine? Delphine! Wo bist du?«

Panik und Doppelpanik überkommt mich! Wenn ihr etwas passiert ist ... das würde ich mir niemals verzeihen!

Plötzlich berührt mich etwas an der Hand. Ich wische mir die Algen aus dem Gesicht. Sie ist es! Delphine!

Auch sie scheint unverletzt zu sein ... ja, mehr noch, sie scheint richtig gute Laune zu haben!

Sie strahlt über das ganze Gesicht. »Ist das nicht 'errlisch, Felix? Ein schönes, kühles Bad an einem warmen Sommerabend! Toll! Einfach toll!«

»Du hast dir nicht wehgetan?«

»Gar nicht. Ist alles in Ordnung.«

»Boah! Bin ich erleichtert!«

Delphine lacht laut heraus und spritzt mich mit Kanalwasser voll. »Ach, Felix, das ist der schönste Abend, seit ich nach Deutschland gekommen bin! Danke schön!«

46.

Wir schwimmen ans Ufer und krabbeln auf eine Wiese. Dort bleiben wir erst einmal nebeneinander liegen, starren hinauf in den Himmel und hecheln vor uns hin, weil wir ziemlich kaputt sind.

Eigentlich müsste ich diesem Captain-Sparrow-Verschnitt, der uns versenkt hat, dankbar sein! Unsere Ruderpartie war zwar nicht schlecht. Aber hier zu liegen, direkt neben Delphine, ist noch viel besser!

So gesehen, verdanke ich ihm diesen perfekten Moment.

Also, danke schön, du Kanal-Raudi. Du bleibst zwar gemeingefährlich. Aber irgendwie geht das Ergebnis trotzdem in Ordnung.

47.

Delphine und ich labern und genießen die Abendsonne, die uns trocknet. Picknick können wir ja leider knicken, weil alle Sachen im Kanal versunken sind. Aber das macht nichts.

Denn statt belegter Brote, Börek und Salat gibt es etwas viel Besseres.

Nämlich Küsse mit Delphine.

Schmatz und Doppelschmatz!

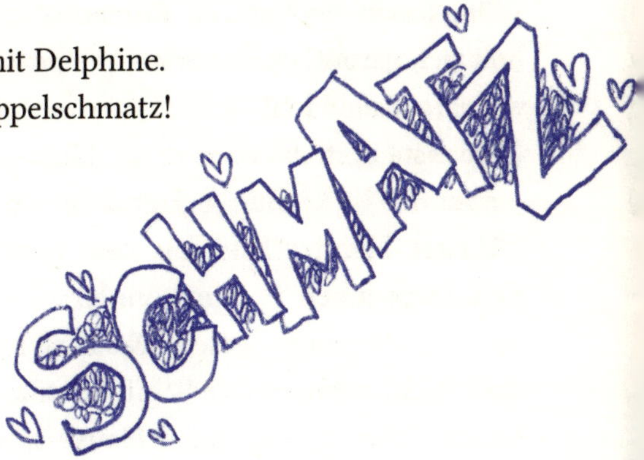

48.

Die Abendsonne ist untergegangen und die Temperaturen sind im Keller.

Anders gesagt: Es ist bibbermäßig kalt!

Wir sind immer noch nicht richtig trocken und fangen beide an, am ganzen Körper zu zittern.

Der kurze Anflug von Romantik ist vorbei. Delphine holt sich garantiert den Schnupfen des Jahrhunderts. Und wer ist schuld? Ich!

Höchste Zeit, dass wir nach Hause verschwinden!

Aber das ist leichter gesagt als getan.

Unsere Handys sind mit dem geschrotteten Kanu im Kanal versunken. Darum können wir niemanden anrufen, um uns abholen zu lassen. Das Lastenfahrrad können wir auch nicht nehmen. Die Schlüssel sind ebenfalls im Kanal. Müssen also zu Fuß nach Hause watscheln. Blöd, weil Delphine beim Kentern ihre Schuhe verloren hat.

Aber es hilft nichts. Einfach hierbleiben können wir ja auch nicht.

Dann mal los!

Ein paar Minuten später schleichen wir zitternd und verloren wie zwei gestrandete Schiffbrüchige durch die Straßen.

Plötzlich hören wir hinter uns ein bremsendes Auto. Quietsch und Doppel-

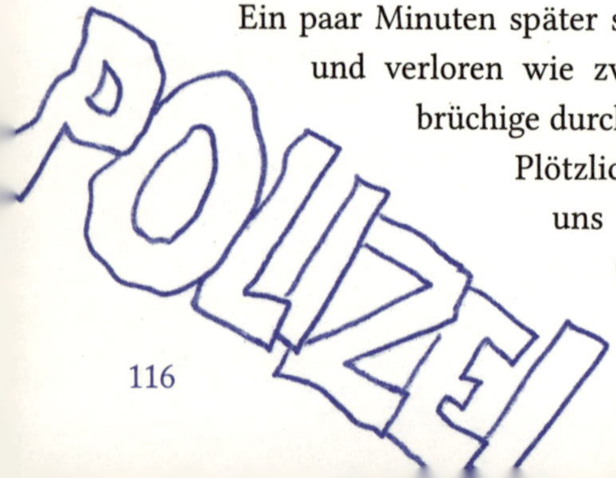

quietsch! Dann spricht uns eine röhrende Lautsprecherstimme an: »Ihr zwei da! Bleibt bitte mal stehen!«

Wir drehen uns um. Es ist ein Polizeiwagen. Ein uniformierter Sheriff steigt aus. Der andere bleibt am Steuer sitzen.

Der, der ausgestiegen ist, sieht uns misstrauisch an und fragt: »Ist alles in Ordnung?«

»Alles bestens, Officer«, erkläre ich.

»So seht ihr nicht aus.«

»Doch, doch. Wir sind nur nass geworden. Haben trotzdem Spaß«, sage ich.

»Habt ihr Ausweise dabei?«

»Nein. Die sind zufällig vorhin im Kanal versunken.«

»Sollen wir euch nach Hause fahren?«

»Das wäre Zeitverschwendung, Officer. Fangen Sie lieber ein paar Verbrecher.«

Der Sheriff kann sich nicht zwischen Wut- und Lachanfall entscheiden. Die Geräusche, die er macht, klingen daher wie ein Schluckauf. Dann sagt er: »Es heißt *Wachtmeister,* mein Junge!«

»Alles klar, Officer. Ich meine, Mr Wachmeister. Jedenfalls brauchen wir keine Freifahrt nach Hause. Ist echt kein Problem, zu Fuß zu gehen.«

Delphine meldet sich zu Wort und sagt: »Aber wäre es nicht schön, wenn wir …«

»Nee, Delphine. Echt nicht!«

Ich kann mich noch gut daran erinnern, was Mrs Spülmann vorhin zu mir gesagt hat, von wegen, dass ich gut auf Delphine aufpassen soll … Ich weiß also, was passieren wird, wenn wir von einem Polizeiauto nach Hause kutschiert werden: Elternstress der höchsten Alarmstufe!

Und zwar egal, ob wir schuld an der ganzen Sache sind oder nicht.

Wir wollen schon weiterschleichen, als der andere Sheriff sich über sein Megafon meldet: »Los! Einsteigen! Sofort!«

Weiterer Widerstand ist zwecklos.

Schluck und Doppelschluck.

Also steigen wir in den Streifenwagen ein. Es geht auf direktem Weg zu den Spülmanns.

Für mich stellt sich daher nur noch eine Frage: Bekomme ich ein Jahr Stubenarrest? Oder direkt für den Rest meines Lebens?

49.

Mr und Mrs Spülmann öffnen die Tür. Sie sehen Delphine, sie sehen mich – und sie sehen zwei Polizisten in Uniform, die hinter uns stehen.

Mr Spülmann verwandelt sich augenblicklich in einen schockgefrosteten Schneemann. Und Mrs Spülmann wird zur Ork-Königin, die bereit ist, jeden Gegner einfach aufzufressen.

Zum Beispiel mich.

Bevor noch das erste Wort fällt, schicken die Spülmanns Delphine nach oben in ihr Zimmer. Sie soll eine heiße Dusche nehmen und sich danach sofort in ihr Bett legen.

Dann stellen sie mich zur Rede und wollen wissen, was passiert ist. Ich mache es kurz und bündig: Kanu, Motorboot, kentern, frieren, zu Fuß gehen, Polizei.

In Mrs Spülmanns Augen fahren die Atomraketen aus ihren Silos: »Felix, das ist die dämlichste Lügengeschichte, die ich je gehört habe!«

»Aber ...«

»Wir dachten, dass wir uns auf dich verlassen können.

Nur darum durftest du Delphine zu einem Ausflug mitnehmen ...«

»Aber ...«

»Du hast Delphine in große Gefahr gebracht!«

»Aber ich konnte doch nichts dafür. Dieser Motorboot-Irre hat uns einfach ...«

»Sei still, Felix! Keine weitere Lügen!«

»Aber ...«

»Wenn du noch einmal *Aber* sagst ...«

»Aber ...«

Die Spülmanns starren mich an, als wäre ich ein gemeingefährlicher Irrer, der ihre Gasttochter entführen wollte.

»Das wird Folgen haben, Felix!«, sagt Mrs Spülmann mit Zombie-Stimme.

»Ernste Folgen«, schiebt Mr Spülmann hinterher und sieht mich an wie Godzilla persönlich.

»Vielleicht können wir das besprechen, wenn ich Delphine zum nächsten Date abhole?«, frage ich mit zuckersüßer Ist-doch-alles-nicht-so-schlimm-Stimme.

»Du wirst Delphine nie wieder zu irgendetwas abholen, mein Freund«, sagt Mrs Spülmann.

»Echt nicht?«, frage ich.

»Echt nicht«, sagen Mr und Mrs Spülmann im Duett.

50.

Die Sheriffs bringen mich anschließend zu mir nach Hause. Anders als die Spülmanns bleiben meine Eltern überraschend cool. Felix Rohrbach wird von der Polizei nach Hause gebracht? Dann ist ja alles wie immer.

Na ja, ein bisschen sauer sind sie schon. Meine Mom sagt zur Begrüßung: »Du hast es also mal wieder geschafft, Felix.«

»Obwohl du uns versprochen hast, endlich keinen Mist mehr zu bauen«, sagt mein Dad.

»Mom! Dad! Ich bin unschuldig. Ein Motorboot-Rambo hat uns versenkt!«, erkläre ich verzweifelt.

»Lügen tust du also auch noch!«, ruft Mom.

»Kannst keinen Fehler zugeben!«, schiebt Dad hinterher.

»Aber es ist nicht gelogen. Fragt doch Delphine. Die kann euch sagen, wie es war!«

»Klappe!«, rufen Mom und Dad im Duett.

»Sollen wir Ihren Sohn mit auf die Wache nehmen? Eine Nacht in einer Gefängniszelle kann Wunder wirken!«, fragt der eine Sheriff.

»Wenn Sie wollen, sogar in Handschellen!«, sagt der andere Sheriff.

»Ja bitte, Officer! Nehmen Sie mich mit. Ist alles besser als hier!«, rufe ich begeistert.

Meine Mom stößt ein Drachen-Schnauben aus. »Kommt nicht in die Tüte! Im Übrigen, Herr Wachtmeister, werden wir Felix' Zimmer in eine Zelle verwandeln. Und die wird er sehr, sehr, sehr lange nicht mehr verlassen!«

»Aber ich bin unschuuuuldig!«, wimmere ich.

»Klappe!«, rufen Mom, Dad und beide Sheriffs im Chor.

51.

Eine Verurteilung ohne Prozess ist in einer Demokratie eigentlich verboten. Gilt aber leider nicht für Chaoten wie mich.

Bin wohl selbst dran schuld. Habe so oft Fantasiegeschichten erzählt, dass mir halt niemand glaubt, wenn ich mal die Wahrheit sage.

Darum bleibt es dabei. Mom und Dad, genau wie Herr und Frau Spülmann, denken, dass die Geschichte vom Motorboot-Raudi erfunden ist. Sie denken, dass ich Delphine mit einem Kanu-Kunststück beeindrucken wollte und wir darum gekentert sind. Sie beteuert zwar, dass das nicht stimmt und dass es den Motorboot-Irren wirklich gab. Aber ihr glaubt auch niemand. Außerdem drohen die Spülmanns ihr damit, sie auf der Stelle zurück nach Frankreich zu schicken. Also hält sie lieber die Klappe.

Das ist mega-unfair und ultragemein, finde ich. Aber ändern kann ich es nicht.

Die Folge: Mom und Dad verhängen vier Wochen Stubenarrest über mich. Ein neues Handy bekomme ich auch nicht. Und schlimmer noch, jetzt muss ich nicht nur die Poolreinigung bei den Çeliks bezahlen, sondern auch noch das versenkte Kanu abstottern. Sieht also so aus, als würde ich bis zum Rest meines Lebens auf einem Schuldenberg sitzen.

Das Schlimmste von allem aber ist, dass ich hundertprozentiges Kontaktverbot zu Delphine habe. Darauf bestehen Herr und Frau Spülmann, und Mom und Dad versprechen es ihnen. Die Strafe schließt Gespräche auf dem Schulhof mit ein. Sollten wir uns nicht dran halten, gibt es für Delphine die Rückfahrkarte nach Frankreich. Und für mich einen mehrjährigen Aufenthalt in einem Internat.

52.

FRUST

Ich hocke in meinem Zimmer und denke, dass ich lieber in Askaban wäre. Da könnte ich wenigstens mit den Dementoren Fußball spielen. So bleibt mir nichts übrig, als nichts zu tun. Seufz und Doppelseufz.

53.

Leide an akuter Achterbahnitis. Das ist eine üble Krankheit, bei der es stimmungsmäßig erst steil aufwärts-, dann aber umso krasser abwärtsgeht. Schätze mal, es ist angeboren. Es gibt keine Medizin dagegen.

An dem Abend mit Delphine, als wir auf der Wiese lagen und laberten und uns küssten, dachte ich, dass mein Leben einfach perfekt wäre. So soll es bitte bleiben! Zumal ja klar war, dass Delphine und ich auf der Zielgeraden dazu waren, ein festes, endverliebtes Knutschpaar zu werden.

Aber dann kam auch schon der Crash. Nix endverliebt, nix Paar. Wir dürfen nicht einmal mehr miteinander reden.

Ist leider immer so bei mir. Erst ganz oben, dann ganz unten. Achterbahnitis ist unheilbar.

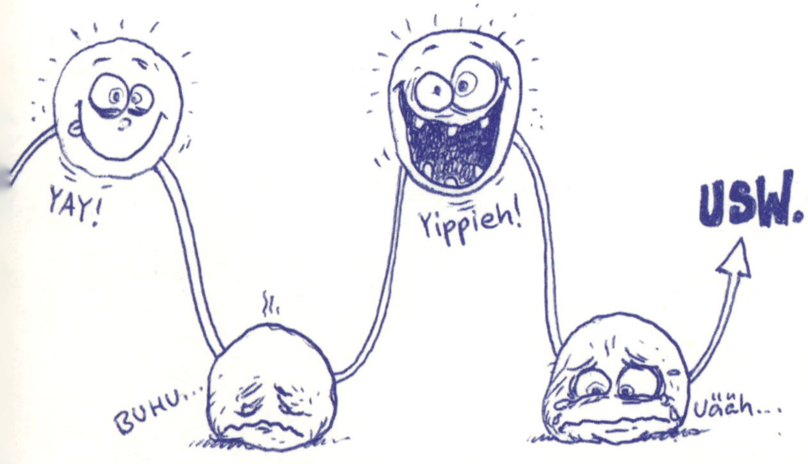

54.

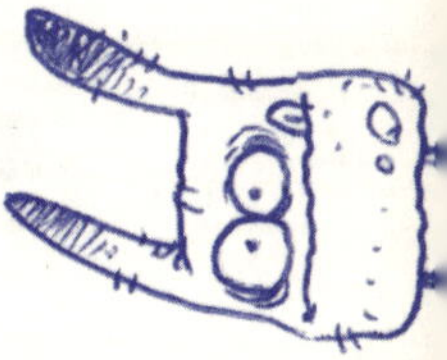

Eine Woche ist seit dem Picknick-Kanu-Abend vergangen. Mein Langweilometer ist im roten Bereich angekommen. Kein Wunder. Darf weder die Dudes noch Delphine treffen. Hänge nur noch in meinem Zimmer herum.

Dinge, die leer sind:

1. *Luftballon (ist nicht wirklich leer, ist ja Luft drin)*
2. *Weltraum (auch nicht wirklich leer, ist dunkle Materie drin)*
3. *mein Kopf (ist wirklich 100 % total pfandflaschenmäßig leer)*

Mir wird klar, dass ich gescheitert bin. Kann den neuen Felix beerdigen. Karriere? Ruhm? Reichtum? Eine feste Freundin? Sind alles nur geplatzte Seifenblasen!

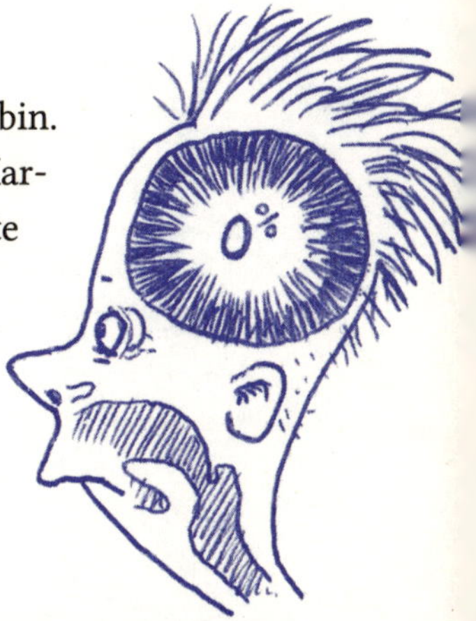

55.

Jetzt, wo sowieso alles egal ist, kann ich wenigstens morgens wieder nach Herzenslust verschlafen. Warum sollte ich pünktlich aufstehen und rechtzeitig zur Schule gehen? Stubenarrest können mir meine Eltern ja nicht verpassen. Weil, habe ich schon.

56.

Nach weiteren drei Tagen ist mein Vorrat an Seufzern aufgebraucht. Muss mir dringend etwas einfallen lassen. Beschließe daher, mein altes Hobby aufleben zu lassen.

Gesagt, getan. Setze mich an den Schreibtisch und packe meine Zeichensachen aus. Bin nämlich leidenschaftlicher Comiczeichner. Wenn ich überhaupt etwas kann, dann das.

Nach ein wenig Grübelei entscheide ich mich dazu, die Abenteuer von Faultier-Man zu Papier zu bringen.

In der Geschichte geht es um einen ganz normalen Jungen mit ganz normalen Problemen. Er heißt Felix R. Er ist nett und sensibel, aber auch ein Einzelgänger. Dummerweise leidet

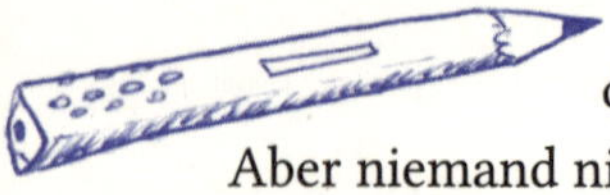

er an Chaoteritis, was immer wieder zu krassen Unsinnsanfällen führt. Aber niemand nimmt Rücksicht darauf. Im Gegenteil. Seine Eltern und seine Lehrer bestrafen ihn ständig, obwohl er 100 % unschuldig ist.

Felix R. hat ein Geheimnis – oder besser gesagt, eine Geheimidentität. Er ist Faultier-Man. Das ist der einzige Superheld, der keine Superkräfte hat. Die braucht er auch gar nicht, um seine Heldentaten zu vollbringen. Faultier-Man mischt sich unter seine total gestressten Mitmenschen und zeigt ihnen, dass es ab und zu echt schlau ist, wenn sie ebenfalls in den Faultier-Modus umschalten. Keine Schularbeiten machen, kein Stress-Programm im Fitnessstudio, kein Kosmetik-Programm im Nail-Studio. Einfach nix tun. Denn wenn die Menschen nix tun, haben sie endlich Zeit, um zu erkennen, worin ihre wahren Talente liegen. Sie lenken sich nicht mehr mit unwichtigem Zeug ab, sondern tun das, was sie wirklich erfüllt ...

Nebenbei muss Felix R. mit seinem Loser-Leben klarkommen. Unter anderem ist er in ein Mädchen namens Sophie verliebt. Sie kommt aus Frankreich. Dummerweise schwärmt Sophie nicht für Felix, sondern für Faultier-Man. Felix kann ihr natürlich nicht sagen, dass die beiden in Wahrheit ein und dieselbe Person sind. Wie alle Superhelden hat Felix R. die Superhelden-Verschwiegenheitsklausel unterschrieben. Aber das ist schon okay. Schließlich kann er ab und zu als Faultier-Man mit Sophie abhängen.

Felix R.

Das ist Felix R., der Held meiner Geschichte.

Faultier-Män

Und das ist Felix R., nach seiner Verwandlung in Faultier-Man. Ihr seht keinen Unterschied? Richtig. Faultier-Man ist meistens zu faul, sein Superhelden-Kostüm anzuziehen.

Schätze mal, dass mein Faultier-Comic nie irgendwo erscheinen wird. Niemand wird es jemals lesen.

Aber das ist mir egal. Es macht Spaß, mir die Geschichte auszudenken und die Zeichnungen zu machen. Das ist die Hauptsache.

57.

Stubenarrest und ein noch größerer Berg an Schulden sind nicht die einzige Folge der Kanu-Affäre. Ich muss jetzt außerdem regelmäßig zu einer Frau namens Ursula Seelbach-Klemp.

Sie ist eine Psychotante. Spezialisiert auf Jungs mit Chaoteritis.

Bei unserer ersten Sitzung beschließe ich, in den Totalboykott zu gehen und einfach gar nichts zu sagen.

Mrs Seelbach-Klemp nimmt es hin und so sitzen wir uns eine Stunde lang schweigend gegenüber. Mein Langweilometer explodiert fast.

Zum Abschied sagt sie: »Es liegt ganz bei dir, ob wir die Stunden zu etwas Sinnvollem nutzen oder nicht, Felix.«

»Das Sinnvollste, was mir einfällt, wäre, nicht zu kommen.«

»Das kannst du nicht beurteilen. Versuch doch wenigstens einmal, mit mir zu reden.«

Ich denke kurz nach und sage. »Okay, der Punkt geht an Sie. Ich werde es versuchen.«

Bei der zweiten Stunde rede ich also doch mit ihr. Warum auch nicht? Mrs Seelbach-Klemp ist erstens superhübsch und zweitens total nett. Kann also nicht schaden, mit ihr abzulabern.

»Also, Felix. Wo drückt der Schuh?«, fragt sie mich.

»Vorne links.«

»Ich meinte das eher im übertragenen Sinn.«

»Verstehe. Also gut, ich habe zwei echt große Probleme.«

»Die da wären?«

»Mom und Dad.«

»Kann ich verstehen. In deinem Alter können Eltern echt nerven.«

»Gut, dass wir das geklärt haben. Kann ich jetzt gehen?«

In der dritten Stunde stelle ich Mrs Seelbach-Klemp meinerseits eine Frage: »Glauben Sie eigentlich, dass ich verrückt bin?«

»Was glaubst du?«

»Ganz klar, ich bin total plemplem.«

»Wie kommst du darauf?«

»Sonst wäre ich doch nicht hier, oder?«

Sie muss lachen. »Das klingt logisch. Aber ich denke, du täuschst dich. Du bist nicht plemplem.«

»Dann ist ja gut. Kann ich jetzt gehen?«

In der vierten Stunde streiten wir uns. Es fängt damit an, dass ich etwas von ihr wissen will: »Wieso beantworten Sie eigentlich jede Frage mit einer Gegenfrage, Mrs Seelbach-Klemp?«

»Was glaubst du, weshalb ich es tue?«

»Was glauben Sie, was ich glaube, weshalb Sie es tun?«

Sie macht einen Schnorchelmund. »Was glaubst du, was ich glaube, was du glaubst, weshalb ich das tue?«

Ich zucke mit den Schultern. »Was glauben Sie, was ich glaube, dass Sie glauben, was ich glaube, weshalb Sie es tun?«

»Hör auf damit, Felix. Das ist idiotisch.«

»Finde ich auch. Kann ich gehen?«

Die fünfte Stunde läuft besser. Mrs S. bewirtet mich mit selbst gemachter Limonade. Wir sitzen in ihrem Sprechzimmer und sie fragt mich: »Wieso nennst du mich eigentlich *Mrs* Seelbach-Klemp? Wieso sagst du nicht *Frau* Seelbach-Klemp?«

»Weil es cooler klingt.«

»Ein bisschen wie in einem Film, oder?«

»Korrekt.«

»Hast du ab und zu das Gefühl, dein Leben wäre ein Film?«

»Absolut. Oder auch ein Buch. Ein Comicheft. Je nachdem.«

»Und? Wie findest du das?«

»Wenn ich wüsste, dass es ein Happy End gibt, wäre es in Ordnung.«

»Schon einmal überlegt, dass es an dir selbst liegt, wie das Ganze ausgeht?«

»Sie meinen, es gibt kein Drehbuch? Keinen Produzenten? Keinen Regisseur? Niemanden, der längst festgelegt hat, wie das Ende aussieht?«

»Richtig. Ich denke, du hast die Dinge selbst in der Hand. Du bestimmst über dein Schicksal.«

»Das ist echt gut, Mrs S. Werde später meinen Eltern von Ihnen ausrichten, dass sie mir nichts zu sagen haben, weil ich selbst über mich bestimme! Danke dafür.«

Sie lächelt müde. »Du weißt, was ich meine, Felix. Denk also drüber nach.«

58.

Nach diesem letzten Gespräch mit Mrs S. ist alles irgendwie anders. Es fällt mir wie ein Schuppen von den Augen – ja sogar wie eine riesige Lagerhalle! Die Psychotante hat total recht. Ich bin der Regisseur meines Lebens – und niemand sonst!

Ich habe die Dinge in der Hand!

Ich entscheide!

Und selbst wenn es mal nicht ganz so läuft, wie ich es mir vorstelle, und mir alle anderen echt auf die Nerven gehen, liegt es immer noch an mir, was ich daraus mache.

Wow! Fühle mich plötzlich überraschend leicht. Die Bleigewichte der letzten Wochen sind weg.

Bloß, was fange ich damit an?

59.

Meine neue Bin-der-Regisseur-meines-Lebens-Philosophie wird am nächsten Tag auf eine harte Probe gestellt. Liegt an Delphine.

Seit der Kanu-Affäre sind wir ja mit einer Kontaktsperre belegt worden. Wir haben uns zwar nicht 100 % daran gehalten. Aber es ist trotzdem nicht mehr wie vorher. Wir reden in der Schule manchmal miteinander. Aber nur so Small-Talk-mäßig. Treffen tun wir uns nicht mehr. Und küssen schon gar nicht. Wir haben den Soulmate-Modus auf Snooze gestellt. Schnief und Doppelschnief.

Ich hätte mich ja am liebsten trotz aller Drohungen nicht an das Kontaktverbot gehalten. Aber Mr und Mrs Spülmann haben die Bazooka ausgepackt. Sie hatten Delphine ja sowieso schon damit gedroht, sie auf der Stelle und per Luftpost nach Frankreich zurückzuschicken, wenn sie sich wieder mit mir trifft. Aber dann haben sie sogar mit Delphines Eltern in Paris telefoniert. Die haben Delphine dann ihrerseits zusammengefaltet. Das hat gewirkt. Sie war richtig eingeschüchtert und will seitdem

nichts mehr machen, was ihren Aufenthalt in Deutschland gefährden könnte. Dazu zählen eben auch Treffen mit mir. Weil ich ja angeblich nicht gut für sie bin und sie in Gefahr bringe …

Ich finde es zwar immer noch total unfair und traurig. Aber verstehen kann ich Delphine leider trotzdem. So gerne sie mich mag, einfach nach Hause geschickt werden will sie halt trotzdem nicht.

Das Problem ist, dass ausgerechnet Alex Trabach die Lücke füllen will, die ich hinterlasse. Sprich, er zieht wie ein hungriger Hai seine Kreise um Delphine. Er nähert sich ihr immer mehr. Und bald wird er zubeißen.

An einem dieser Tage wird mir klar, dass ich ihn nicht daran hindern werde. Wäre nämlich unfair von mir. Schließlich soll Delphine ihr Austauschjahr in Deutschland nicht in Einsamkeit verbringen. Und wenn ich nichts mit ihr unternehmen kann, tja, dann soll halt Alex mit ihr abhängen.

Ich werde Delphines Glück nicht im Weg stehen. Dafür mag ich sie viel zu sehr!

60.

Ein paar Tage später ergibt sich eine unverhoffte Gelegenheit, wie ich mich von meinem Frust ablenken könnte. Auf *Hausaufgaben-Abschreiben.de,* meiner Lieblingsseite im Netz, entdecke ich ein neues Werbebanner. Eine Filmproduktion sucht junge Leute als Statisten für einen Film.

Das nenne ich mal einen Wink des Schicksals! Alex, der größte Schwachmat seit Erfindung des Idiotentums, hat seine Karriere schließlich auch als Statist begonnen! Das Ergebnis ist bekannt: Kreischalarm, wo immer er hinkommt.

Ich werde es ihm einfach nachmachen! Ich werde auch Statist beim Film! Werde in Alex' Fußstapfen treten und ihn im Nullkommanichts in Sachen Ruhm und Kreischalarmitis überholen!

Da ist noch das Problem mit dem Stubenarrest. Werde meinen Eltern daher erklären, dass mich eine Filmkarriere garantiert von meiner Chaoteritis heilen wird. Sie müssen mich wenigstens für die Filmaufnahmen aus dem Haus lassen!

61.

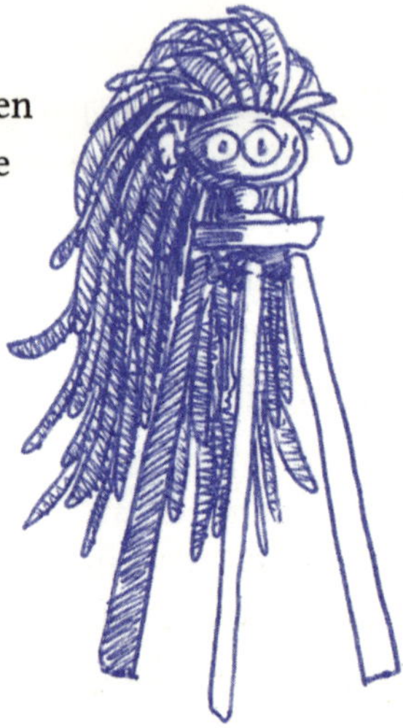

Am nächsten Tag erzähle ich den Dudes von meinen Plänen. Spike schüttelt verständnislos den Kopf. »Du wirst Statist? Das ist doch so ein Ding, das man unter eine Kamera schraubt, damit sie nicht umfällt?!«

Ich schlage mir gegen die Stirn. Klatsch und Doppelklatsch. »Blödsinn, Spike. Das ist ein *Stativ,* kein Statist.«

»Verstehe. Aber Statist hat etwas mit Zahlen zu tun, richtig? So von wegen, wenn in einer Klasse die Hälfte der Schüler eine Eins schreibt und die andere Hälfte eine Sechs, dann ist die Wahrscheinlichkeit, dass wir zur Losergruppe gehören, ungefähr 100 %, richtig?!«

Dauert einen Moment, bis bei mir der Groschen fällt. Dann sage ich: »Blödsinn, Spike. Das ist *Statistik.* Hat nichts mit Film zu tun. Das ist Mathe.«

»Und was ist dann ein Statist?«

»Das ist jemand, der zum Beispiel bei einer Aufnahme hinten durchs Bild geht. Oder der in einer Bar sitzt und so tut, als wenn er ein Gast ist, während vorne die Hauptdarsteller quatschen. Oder wenn eine Szene in einem

Geschäft spielt, dann tut ein Statist so, als wäre er ein Kunde.«

»Und das findest du gut? Hinten durchs Bild zu laufen?«, fragt Musti.

Ich mache den Doppelgrinser. »Ich werde der beste Hinten-durchs-Bild-Läufer der Welt sein. Außerdem ist es ja nur der Anfang meiner Filmkarriere. Ich werde entdeckt und bekomme bald meine erste Hauptrolle. Ist nur eine Frage der Zeit, bis ich nirgendwo mehr hingehen kann, ohne Kreischalarm auszulösen.«

»Müssen wir auch kreischen?«, fragt Mike.

»Nee, ihr nicht.«

Spike wiegt den Kopf. »Ich werde lieber Stativ. Da muss man nicht so viel machen.«

62.

Überraschenderweise muss ich Mom und Dad gar nicht groß überreden. Sie finden die Idee, dass ich eine Filmkarriere beginne, richtig gut.

»Ihr habt also nichts dagegen?«, frage ich.

»Im Gegenteil, Felix! Wir freuen uns, dass du endlich ein wenig Ehrgeiz an den Tag legst!«

»Super. Aber es kann passieren, dass ich entdeckt werde und eine Weltkarriere beginne. Dann müsstet ihr mit mir zu Filmaufnahmen um die ganze Welt fliegen. Wäre das auch in Ordnung?«

Mom macht den berühmten Dreifachseufzer und sagt: »Felix, Felix, Felix … darüber reden wir, wenn es so weit ist, in Ordnung?«

»Kein Problem. Wollte euch nur vorwarnen.«

63.

Meine Mom begleitet mich ein paar Tage später zu der Castingagentur. Dort werden Fotos von mir gemacht. Dann muss ich zum Chef der Firma. Er heißt Cäsar Ludwig Lloyd. Beknackter Name, wenn ihr mich fragt. Cäsar stellt mir allerlei Fragen und fühlt mir auf den Zahn. Dabei wird ihm schnell klar, dass ich alles, aber kein normaler Junge bin. Eher schon ein Chaot. Ich gebe mir zwar Mühe, dass er es nicht merkt. Aber er durchschaut mich schnell.

Ich rechne daher nicht damit, dass ich genommen werde. Kann mir die Karriere als Statist wohl an den Hut stecken.

Dann aber grinst Cäsar und erklärt zu meiner Überraschung: »Genauso jemanden wie dich suchen wir, Felix. Einen ganz normalen Jungen mit leichter Chaoteritis. Die Chancen, dass du genommen wirst, stehen gut.«

»Klasse. Kommen Sie dann mit, wenn ich den Oscar kriege?«

»Sicher. Dann fliegen wir mit meinem Privatjet in die USA.«

»Cool.«

»Supercool.«

64.

Schon am nächsten Tag ruft C. Lu. Lloyd bei uns an. Ich habe die Rolle als Statist! Jubel und Doppeljubel.

Es kommt sogar noch besser. Der Film, in dem ich mitspielen soll, ist hochkarätig besetzt! Die Hauptrollen spielen Wil Steiger und Matthias Reithöfer! Meine beiden Lieblingsschauspieler! Wahnsinn und Doppelwahnsinn!

65.

Das mit dem Kreischalarm geht schon am selben Abend los! Zugegeben, nur von mir selbst. Und zwar jedes Mal, wenn ich in den Spiegel sehe.

Kann mein Glück einfach nicht fassen. Ich darf hinten durchs Bild gehen, während vorne Matthias und Wil die Hauptrollen spielen! Kreisch und Doppelkreisch!

Liege danach im Bett und bin heiser. Schlafen kann ich auch nicht. Stelle mir vor, wie das Filmplakat aussehen wird:

66.

Endlich ist es so weit. Mein Drehtag ist gekommen. Mom fährt mich zum Set. So nennt man den Ort, wo ein Film gedreht wird. Eine Assistentin nimmt mich in Empfang. Sie heißt Nicole und erinnert mich an eine Stubenfliege. Sie ist nie länger als zwei Sekunden an einer Stelle, weil sie dauernd hin und her flitzt, um etwas zu erledigen.

Nicole bringt mich zu einem Garderobenwagen, wo ich neue Klamotten bekomme. Dann geht's zu einem Stylingwagen, wo man mich schminkt und mir eine neue Frisur verpasst.

Danach kommt ein Typ namens Dave zu mir. Er ist der Regieassistent. Ist auch 'ne Stubenfliege. Beim Film scheint's ziemlich hektisch zuzugehen. Eher ungesund, wenn ihr mich fragt.

Dave erklärt mir, wie die Dinge so laufen: »Hör gut zu, Felix. Ein Film-Set ist kein Kinderspielplatz. Jede Produktionsminute kostet einen Riesenhaufen Geld. Wir reden über Millionen! Darum ist äußerste Disziplin angesagt, verstehst du das?«

»Hundert Prozent, checko.«

»Gut. Für dich als Statist gilt Folgendes. Erstens: Du darfst die Schauspieler nicht ansprechen. Zweitens: Du darfst dich nicht beim Catering-Essen bedienen. Drittens: Du darfst nichts an deiner Kleidung oder deiner Frisur verändern. Viertens und am wichtigsten: Du darfst nicht einfach weggehen, auch wenn du unter Umständen sehr, sehr lange warten musst.«

»Gibt es auch etwas, das ich darf?«

»Nein.«

»Verstehe.«

Dave hört kurz auf zu flitzen. Erst jetzt kann ich erkennen, wie er wirklich aussieht. Und wie müde er ist.

»Sie sollten dringend mal ’ne Pause machen, Dave. Finde ich«, erkläre ich.

Er macht den Augenroller: »Fünftens: Du darfst nie jemandem sagen, was er tun oder lassen soll, verstanden?«

»Checko.«

»Gut. Dann erkläre ich dir jetzt die Szene, in der du mitspielst. Eigentlich ist es sehr einfach.«

»Lassen Sie mich raten. Ich muss hinten durchs Bild gehen, richtig?«

»Richtig.«

67.

Ich bin dafür, dass eine neue Kategorie bei der Oscarverleihung eingeführt wird. Die fürs längste Warten am Film-Set. Den Oscar hätte ich sicher.

Eine Stunde vergeht. Bin immer noch aufgeregt. Nebenbei kann ich dabei zusehen, wie Wil Steiger sich mit Matthias Reithöfer prügelt. Tolle Szene.

Zwei Stunden vergehen. Bekomme mit, dass das vorhin gar keine Filmszene war. Wil und Matthias haben sich wirklich geprügelt. Kommt daher, dass sie beide in Nicole, die Assistentin, verliebt sind.

Drei Stunden vergehen. Habe Hunger. Nicole kommt vorbei und klaut etwas für mich vom Catering-Essen. Wil und Matthias prügeln sich schon wieder. Diesmal, weil sie eifersüchtig auf mich sind. Hehe. Glaube ich jedenfalls.

Vier Stunden vergehen. Darf zwar mein Outfit nicht ändern. Aber was soll ich tun, wenn ich vom ganzen Warten Spinnweben ansetze?

Fünf Stunden vergehen. Nicole hat Stift und Papier für mich organisiert. Nutze die Zeit und zeichne ein neues Kapitel für meinen *Faultier Man*-Comic. Nicole sieht mir über die Schulter und meint, dass ich echt begabt wäre.

Sechs Stunden vergehen. Befinde mich in einer Tiefe von 6.000 *Gähn.* Weil, ich bin eingeschlafen.

Sieben Stunden vergehen. Träume davon, dass mir mein Lieblingsschauspieler Wil Steiger einen Arschtritt gibt, damit ich aufwache.

Sieben Stunden und eine Minute vergehen. Stelle fest, dass ich gar nicht geträumt habe. Wil Steiger gibt mir wirklich einen Arschtritt. Frage ihn, ob ich den blauen Fleck meinen Freunden zeigen darf. Weil, ist ja von ihm, meinem großen Idol.

Wil sagt, das wäre in Ordnung. Er würde mir aber auch ein richtiges Autogramm geben. Macht er dann auch. Bin superstolz drauf. Dann sagt Wil, ich soll ihm zum Set folgen. Es geht nämlich los. Drehbeginn.

68.

In der Szene, in der ich mitspiele, prügeln sich Wil Steiger und Matthias Reithöfer, weil sie beide in dieselbe Frau verknallt sind. Diesmal aber in echt. Also in echt im Film. Die Frau, um die es geht, heißt Carla Leone und ist die Tochter eines Mafiosi. Ihr gehört der Dreibeinhund, um den es in dem Film geht.

Mein Part ist nicht so kompliziert. Ich soll hinten durchs Bild gehen und dabei so tun, als ob ich von der Prügelei nichts bemerke.

Dave sieht mich an und fragt: »Hast du das verstanden, Felix?«

»Was kann man daran nicht verstehen?«

Dave macht wieder den Augenroller. »Siebtes Verbot. Du darfst Fragen nie mit einer Gegenfrage beantworten. Sag einfach Ja oder Nein. Hast du das verstanden?«

»Schon, aber … was ist mit dem sechsten Verbot? Vorhin waren es fünf. Und jetzt haben Sie mit sieben weitergemacht?!«

»Klappe!«

»Okay.«

69.

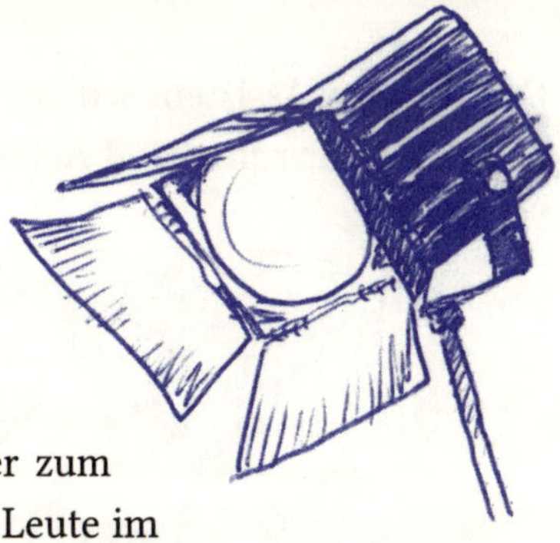

Dave bringt mich rüber zum Set. Dort sind echt viele Leute im Einsatz. Da ist der Kameramann Nr. 1 (der auf einer Art Mini-Eisenbahn sitzt, von der aus er filmt). Da sind die Tonleute und die Beleuchter. Der Regisseur. Der Regieassistent (das ist Dave). Da ist der Klappen-Assistent, der die Filmklappe bedient. Da sind die Jungs, die die Eisenbahn vom Kameramann anschieben. Dann sind da noch der Produzent, ein paar Journalisten und ein Fotograf. Und Nicole. Und noch ein Haufen anderer Leute, von denen ich nicht weiß, wofür sie eigentlich da sind.

Es wird ernst. Der Dreh beginnt. Dave bringt mich an eine Stelle, wo jemand ein Kreuz auf den Boden gemalt hat. Dort muss ich stehen bleiben, bis Dave mir ein Zeichen gibt.

TAKE 1

Der Regisseur ruft: »Alle auf Position!«

Der Tonmann ruft: »Ton läuft!«

Der Regisseur ruft: »Klappe!«

Der Klappen-Assistent ruft: »Dreibeinhund. Szene sieben/eins. Take one!«

Der Kameramann startet die Kamera: »Kamera läuft!«

Der Klappen-Assistent schlägt die Klappe.

Der Regisseur ruft: »Und Action!«

Wil und Matthias fangen an, gemeinsam über den Boden zu rollen und aufeinander einzuschlagen. Natürlich nur fakemäßig – wegen Carla Leone. Vielleicht aber auch ein bisschen echt – wegen Nicole. Der Kamerawagen fängt an zu rollen. Dave winkt mir zu und ich setze mich in Bewegung. Alles läuft super.

Muss ungefähr dreißig Meter weit laufen. Dabei darf ich nur nach vorne sehen. Soll ja so tun, als wenn ich nichts von der Schlägerei bemerke. Obwohl ich direkt dran vorbeigehe.

Ziemlich bescheuert, wenn ihr mich fragt.

So bescheuert, dass die Leute, die den Film später im Kino sehen, denken werden, dass ich ein blindtauber Nullchecker bin.

Wird vor allem nicht dazu führen, dass ich von irgendeinem berühmten Hollywood-Regisseur

entdeckt werde. Eher so im Gegenteil. Werde höchstens anti-entdeckt.

Das kann nicht so bleiben.

Muss daher Daves Verbote Nr. 1 bis 7 leider ignorieren.

Mache kurz entschlossen einen Schwenk nach links, hüpfe rüber zu Wil und Matthias und sage laut und deutlich: »Jetzt mal ehrlich, Jungs. Sich wegen eines Mädchens zu prügeln, ist total daneben. Wer macht so einen Scheiß? Fragt Carla doch einfach, wen von euch sie lieber mag. Oder spielt eine Partie FIFA auf der Playstation und der Gewinner darf sie heiraten! Guter Vorschlag?«

Anstatt zu antworten, starren Wil und Matthias mich an, als wäre ich ein frisch auf der Erde gelandetes Alien.

Auch alle anderen starren mich an, darunter der Regisseur, die Kameraleute, der Tonmann, die Beleuchter, die Jungs, die die Mini-Eisenbahn schieben, der Klappenassistent. Dave und Nicole sowieso.

Niemand sagt etwas.

Am Set herrscht totale Stille.

Alle sind schockgefroren.

Das nenne ich mal Wirkung! Mein Auftritt hat sie alle so megamäßig beeindruckt, dass sie einfach sprachlos sind.

War also die richtige Entscheidung.

Bin stolz auf mich. Sogar doppelstolz!

Dann aber steht der Regisseur auf und kommt auf mich zugestampft. Er vibriert seltsam. Nicht stubenfliegenmäßig. Eher so säbelzahntigermäßig.

Er fragt: »Du bist Statist, richtig?«

»Korrekt, checko.«

»Das heißt, du hast keinen Sprechtext, richtig?«

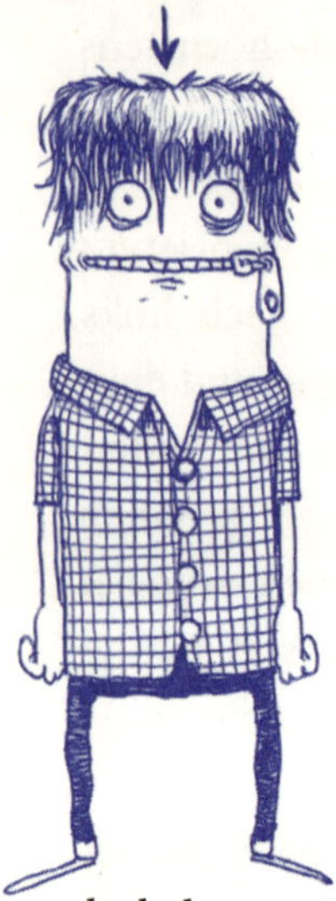

»Wieder Treffer.«

»Warum redest du dann?«

»Ist mir so eingefallen.«

»Ist dir so eingefallen?«

»Nicht gut?«

»Nein, nicht gut.«

»Ich dachte halt ...«

»Hör auf zu denken.«

»Sonst sagen die Erwachsenen immer, ich soll damit anfangen.«

Nachdem wir uns alle wieder beruhigt haben, erklärt mir der Regisseur: »Hör zu, du bekommst noch eine zweite Chance. Tu einfach, was man dir sagt. Und gut ist. Wenn nicht ...«

»Weiß schon. Dann fliege ich«, sage ich.

TAKE 2

Der Regisseur ruft: »Alle auf Position!«

Der Tonmann ruft: »Ton läuft!«

Der Regisseur ruft: »Klappe!«

Der Klappen-Assistent ruft: »Dreibeinhund. Szene sieben/eins. Take two!«

Der Kameramann startet die Kamera: »Kamera läuft!«

Der Klappen-Assistent schlägt die Klappe.

Der Regisseur ruft: »Und Action!«

Wil und Matthias fangen wieder an, aufeinander einzuschlagen. Der Kamerawagen rollt. Dave winkt mir zu.

Nehme mir fest vor, diesmal alles so zu machen, wie ich soll. Werde hinten durchs Bild laufen und sonst nichts.

Dann aber merke ich, dass Wil einen Gemeinheitsanfall hat und Matthias richtig verprügelt. Weil es ihm in Wahrheit nicht um Carla Leone geht, sondern um Nicole.

Empfinde plötzlich krasses Mitleid mit Matthias.

Kann das hier einfach nicht zulassen!

Hüpfe kurz entschlossen wieder rüber zu Wil und schubse ihn von Matthias weg. Dazu rufe ich: »Mann, lass ihn in Ruhe! Siehst du nicht, dass er schwächer ist als du?«

Wieder erstarren alle. Diesmal aber nur kurz. Dann explodiert der Regisseur zum zweiten Mal. Während er sich in seine Einzelatome auflöst, schreit er: »Wer hat diesen Statisten ausgesucht? Wer?«

Dave hebt den Finger und sagt mit Flüsterstimme: »Ich war's. Also, Herr Lloyd hatte ihn vorgeschlagen – und ich dachte, er ist genau der richtige.«

»Du hirnloser Volltrottel. Sag dem Jungen, dass er hinten durchs Bild laufen soll. Sonst nichts! Macht er wieder etwas anderes, gibt es ein Donnerwetter, das sich gewaschen hat.«

Dave kommt zu mir und sagt: »Du bekommst noch eine allerletzte Chance. Lauf durchs Bild und halt den Mund. Hast du das verstanden?«

»Ja.«

»Gut.«

TAKE 3

Alle rufen ihre Kommandos. Die Action beginnt. Wil und Matthias schlagen wieder aufeinander ein. Diesmal haut Matthias ziemlich zu. Vermutlich aus Rache. Ich sage nichts, sondern laufe einfach nur hinten durchs Bild.

Bin fast schon zu Ende gelaufen, als mich ein hammermäßiger Riesenfrust überkommt. Das war sie also, meine große Chance, entdeckt zu werden …

Und was mache ich daraus?

Nichts.

Kann das sein?

Natürlich nicht.

Geht einfach nicht. Einmal Chaot, immer Chaot.

Drehe mich um, hüpfe zu Wil und Matthias und rufe: »Hey, ihr zwei! Hört endlich auf, euch zu prügeln! Ihr seid Vorbilder, vergesst das nicht!«

Der Regisseur explodiert und schreit: »Klappe!«

KLAPPE

Der Klappen-Assistent schreit: »Klappe? War doch schon!«

Der Regisseur: »Nicht du!«

Der Assi: »Wer denn dann?«

Der Regisseur: »Dieser Statist da. Der soll die Klappe halten.«

Der Klappenassistent: »Hey, du da! Komm mal her und halt die Klappe.«

Ich: »Ich?«

Klappenassistent: »Ja du. Hat der Regisseur gesagt. Hier, nimm.« Er hält mir die Klappe entgegen.

Der Regisseur: »Neiiiinnn!«

Der Klappenassistent: »Also doch nicht?«

Ich: »Was denn jetzt?«

Der Regisseur ist tiefrot angelaufen und steht kurz vor einem Herz-Gehirn-Schlag.

Ich: »Es geht mich zwar nichts an, aber Sie sollten dringend mal Urlaub machen.«

Dave: »Klappe, Felix!«

Ich: »Ach, jetzt doch?«

Dave: »Neiiiin! Du sollst nur ...«

Regisseur: »Klappe, Dave.«

Dave: »Wie? Ich soll das jetzt machen?«

Der Regisseur: »Neiiin! Niemand soll die Klappe halten.«

Ich: »Echt? Dann darf ich doch etwas sagen?«

Dave: »Nein, du sollst die Klappe halten.«

Klappenassistent: »Wenn er das macht, braucht ihr mich ja nicht. Gehe ich halt nach Hause.«

Regisseur: »Du bleibst hier und hältst die Klappe.«

Klappenassistent: »Ach, auf einmal?«

Regisseur: »Neiiin! Wenn du jetzt nicht die Klappe hältst, hältst du nie wieder die Klappe.«

Klappenassistent: »Verstehe ich nicht.«

Der Regisseur explodiert zum dritten Mal: »Ihr geht alle nach Hause! Auf der Stelle! Es ist Schluss für heute! Verschwindet! Ich will niemanden mehr sehen! Und morgen will ich einen neuen Statisten haben, ist das klar?«

Alle rufen: »Ja!«

Ich gehe zu Wil und Matthias rüber und sage: »Ihr könnt jetzt aufhören, euch zu prügeln. Der Dreh ist abgebrochen.«

»Halt die Klappe«, sagt Wil.

70.

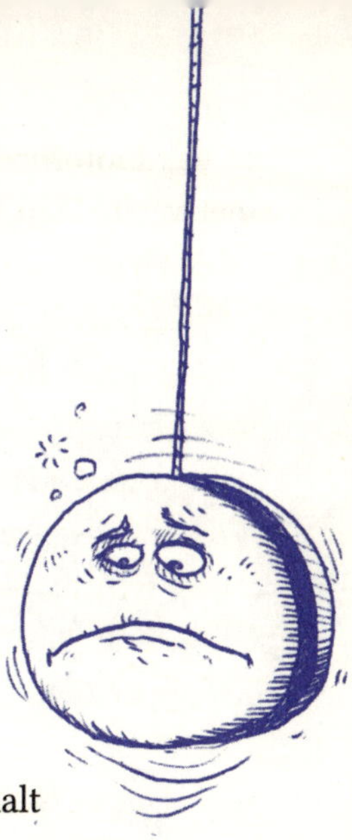

Nicole begleitet mich zum Garderobenwagen, wo ich meine Filmklamotten abgeben muss.

Ich frage: »War nicht so gut, oder? Der Text, den ich mir für mich ausgedacht habe?«

»Doch, schon. Aber ein Statist darf halt nichts sagen.«

Ich nicke niedergeschlagen. »Das ist genau mein Problem. Wenn ich etwas nicht darf, mache ich es erst recht.«

»Das kommt beim Film nicht gut an. Tut mir leid.«

»Muss es nicht. Mir hat es Spaß gemacht.«

Zum Abschied umarmt Nicole mich. Aus den Augenwinkeln sehe ich, wie Wil Steiger und Matthias Reithöfer mit der Attrappe vom Dreibeinhund aufeinander losgehen.

»Du bist echt nett, Nicole. Danke für alles.«

»Keine Ursache. Ich finde dich auch nett. Ganz anders übrigens als den Jungen, der sonst öfter mal als Statist für uns arbeitet. Ich glaube, er geht auf dieselbe Schule wie du.«

»Meinst du etwa Alex Trabach?«

»Richtig. Er ist ein Idiot.«

»Finde ich auch. Warum ist er heute denn nicht hier?«

Nicole zuckt mit den Schultern. »Er hat Stubenarrest. Er

hat das Motorboot seines Vaters geschrottet. Bei irgendeiner verrückten Kamikaze-Aktion.«

Ich sehe Nicole überrascht an. »Eine Kamikaze-Aktion? Mit einem Motorboot?«

»Er hat's mir selbst erzählt. Schien stolz drauf zu sein. Er war wohl eifersüchtig auf einen Mitschüler, der ein Mädchen gedatet hat, das er selbst gut findet. Darum hat er sie mit dem Motorboot verfolgt. Er hat ihr Kanu versenkt. Ganz schön rücksichtslos, finde ich. Aber am Ende ist er dann gegen eine Mauer gefahren. Das Motorboot hat einen Totalschaden. Sein Vater war stinksauer auf ihn. Darum der Stubenarrest.«

»Das alles hat er dir erzählt?«

»Alles.«

Ich falle Nicole gleich noch einmal um den Hals. »Danke, Nicole. Das nenne ich mal richtig gute Neuigkeiten.«

Sie sieht mich überrascht an. Ich spare mir alle Erklärungen.

71.

Dieser Abend ist besser als alle anderen Abende in letzter Zeit.

Viel besser.

Habe die Neuigkeit mit Alex und dem Motorboot sofort meinen Eltern erzählt. Die haben mir zuerst nicht geglaubt. Aber dann habe ich ihnen erklärt, dass ich das Ganze ja von Nicole, der Filmassistentin, erfahren habe. Das hat Mom und Dad umgestimmt. Schließlich haben sie bei Mr und Mrs Trabach angerufen und gefragt, ob es stimmt. Alex' Eltern wussten bisher nur, dass Alex verbotenerweise ihr Motorboot genommen und kaputt gemacht hat. Von der Kanu-versenk-Aktion wussten sie noch nichts. Sie haben Alex zur Rede gestellt. Der hat alles zugegeben. Dann haben Mr und Mrs Trabach noch einmal bei meinen Eltern angerufen und sich tausendmal entschuldigt. Bei mir auch. Sie versprachen mir, alles zu tun, um den Schaden wiedergutzumachen. Natürlich bezahlen sie das geschrottete Kanu. Und ich bekomme eine fette Entschädigung. Die muss Alex von seinem Taschengeld abstottern. Das Geld reicht, um endlich die Poolreinigung

bei den Çeliks abzubezahlen. Und ein ansehnlicher Rest bleibt auch noch übrig.

Danach entschuldigen sich meine Eltern auch bei mir.

»Tut uns echt leid, Felix. Wir hätten dir glauben müssen«, sagt Dad.

»Finde ich auch. Schließlich würde ich euch niiiiieee anlügen«, sage ich.

»Felix ...«

»Fast nie?«

»Felix ...«

»Selten?«

»Felix ...«

»Ab und zu?«

»Felix ...«

»Okay ständig. Aber diesmal halt nicht!«

»Eben. Und darum entschuldigen wir uns ja auch bei dir.«

Dann lachen wir alle und machen eine lange, kuschulöse Rohrbach-Familienumarmung.

72.

Habe wieder einen Anfall von Achterbahnitis. Sprich, ich weiß nicht, wie ich mich fühlen soll. Einerseits könnte ich jubeln und doppeljubeln. Endlich ist die Kanu-Sache aufgeklärt. Ich habe keinen Stubenarrest mehr. Und Mom und Dad behandeln mich nicht mehr wie einen Verbrecher, sondern wie einen Prinzen.

Andererseits ist da die Tatsache, dass ich wohl doch kein internationaler Filmstar werde. Das ist eine ziemliche Enttäuschung.

Aber was soll's. Rückschläge gibt es immer. Ich halte mich lieber an die guten Dinge. Von denen gibt es mehr als genug.

An der Schule zum Beispiel spricht sich schnell herum, was Alex verbrochen hat. In der großen Pause gibt es zum ersten Mal keinen Kreischalarm, als er auftaucht.

Stattdessen wird er einfach nicht beachtet.
Für Alex ist das so etwas wie die Höchststrafe. Er tut mir fast leid.

Andererseits, er hat es verdient, oder?

73.

Am Abend klingelt es an der Haustür. Ich mache auf und blicke in die Gesichter von Mr und Mrs Spülmann.

Mrs Spülmann sagt: »Wir wollen uns bei dir entschuldigen, Felix. Wir dachten, du wärst ein Chaot.«

»Ich? Ein Chaot? Never ever!«

»Wissen wir jetzt auch. Aber wir dachten eben, du hättest mit dem Kanu irgendwelche Kunststückchen versucht und es dadurch selbst versenkt. Delphine hat zwar von Anfang gesagt, dass das nicht stimmt. Aber wir haben ihr nicht geglaubt. Wir dachten, sie will dich nur in Schutz nehmen …«

»Nein, es war von Anfang an die Wahrheit. Ich hatte doch versprochen, dass ich auf Delphine gut aufpasse. Darum hätte ich nie irgendetwas Gefährliches gemacht.« Diesmal ist es die ungelogene Wahrheit. So etwas würde ich wirklich nie tun.

»Vermutlich hast du Delphine an dem Abend sogar das Leben gerettet. Diese Motorboot-Aktion von diesem verrückten Alex Trabach hätte ja noch viel schlimmer ausgehen können. Aber du hast auf Delphine aufgepasst. Dafür werden wir dir ewig dankbar sein.«

»Ach Kleinigkeit. Vergessen Sie es!«

»Trotzdem, du hast ein richtig großes Dankeschön verdient.«

Mit diesen Worten überreichen mir Mr und Mrs Spülmann einen riesigen Geschenkkorb mit allen möglichen Sachen drin. Um genau zu sein, es ist ein Picknickkorb.

Mit einem Lächeln sagt Mr Spülmann: »Du kannst Delphine jederzeit zu einem Ausflug abholen. Wir wissen, dass sie bei dir in guten Händen ist.«

Will mich bei den Spülmanns für den Geschenkkorb bedanken. Geht aber leider nicht. Bin bei der Vorstellung, bald wieder mit Delphine ein Picknick zu machen und mit ihr im Kanal zu schwimmen, glatt in Ohnmacht gefallen.

74.

Ein paar Tage später ist es so weit. Bin mit Delphine zu einem Date verabredet.

Wie beim ersten Mal startet das Ganze mit einer Fahrradtour. Diesmal sitze ich allerdings vorne im Lastenrad und Delphine strampelt. Auch nicht schlecht.

Dann steigen wir in ein niegelnagelneues Kanu und schippern los. Bald erreichen wir die Stelle, an der Alex uns das letzte Mal mit seinem Motorboot versenkt hat.

Ich sehe Delphine in die Augen und sage: »War eine üble Aktion von ihm, oder?«

»Latürnich. Aber *trèz romantique* … sehr romantisch.«

»Doppel-romantisch sogar.«

Delphine lächelt. Dann steht sie plötzlich auf und fängt an, im Boot zu tanzen. Ich sehe sie erschrocken an und sage: »Delphine! Wenn du so weitermachst, werden wir wieder kentern! Das muss doch nicht sein, oder?«

Sie aber tanzt und schaukelt einfach weiter. Offenbar hat sie genau wie neulich Lust auf ein Bad im Kanal.

Ich finde aber, dass wir dazu gar nicht zu kentern brauchen. Geht nämlich viel einfacher! Ich stehe auf und hüpfe mit einem Kopfsprung über Bord. Jauchzend tauche ich in das erfrischend kalte Kanalwasser. Delphine lacht und folgt meinem Beispiel.

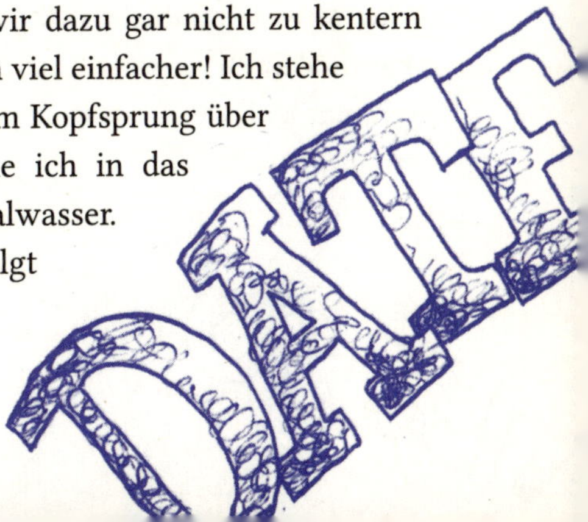

Platsch und Doppelplatsch!

Diese Methode ist viel besser. Erstens geht das Kanu nicht unter. Und zweitens bleibt auch unser Picknickkorb in Sicherheit.

Dann schnorcheln wir gemeinsam durch die Algen. Wir machen Verfolgungsjagden, duckern uns gegenseitig unter, lachen und haben die beste Laune der Welt.

»Du kannst echt gut schwimmen. Aber bei deinem Namen ist das ja auch kein Wunder«, sage ich.

Delphine lacht. »Weißt du, eigentlich hat mein Name gar nichts mit Fischen zu tun. Jetzt einmal davon abgesehen, dass Delfine gar keine Fische sind, sondern Säugetiere.«

»Nicht?«

»Nein. Mein Name ist ursprünglich griechisch. Dort gibt es einen Ort, der Delphi heißt. Delphine heißt so viel wie *Mädchen aus Delphi.«*

»Wow. Muss ich unbedingt Musti erzählen.«

»Warum denn?«

»Ach, nur so.«

75. Delphine

Nachdem wir genug geschwommen sind, krabbeln wir an Land auf unsere Wiese. Diesmal sind unsere Sachen ja nicht untergegangen. Darum können wir jetzt erst einmal ausführlich picknicken.

Es ist lecker und doppellecker. Und dreifach romantisch.

Nach dem Essen rückt Delphine dicht an mich heran. Sie ist genauso froh wie ich, dass endlich alle Schwierigkeiten aus dem Weg geräumt sind. Keine Strafen mehr. Und vor allem kein Kontaktverbot mehr für sie und mich.

Trotzdem sagen wir nicht besonders viel. Eher gar nichts. Stattdessen knutschküssen wir, was das Zeug hält.

Schmatz und Doppelschmatz.

76.

Das Leben ist eine echt schräge Angelegenheit. Es ist voller Überraschungen.

Eigentlich wollte ich ja berühmt werden. Als Unternehmer oder Schauspieler oder wie auch immer.

Hat nicht geklappt.

Aber das ist gar nicht schlimm.

Weil, die Dinge sind auch so perfekt. Wenn ich jetzt auch noch Kreischalarm auslösen würde, sobald ich irgendwo auftauche, würde das nur nerven. Ich kann gut drauf verzichten.

Schätze mal, dass ich in den zurückliegenden Wochen eine Lektion gelernt habe. Worin die besteht, weiß ich noch nicht so genau.

Geht aber in diese Richtung: Auch wenn man die Zukunft im Blick hat, sollte man die Gegenwart nicht vergessen …

Oder um es auf den Punkt zu bringen: Lieber heute Spaß haben als morgen reich und berühmt sein.

Macht euch darum locker, Leute. Langsam ist das neue Schnell. Hauptsache, ihr seid am Ende zufrieden. Grins und Doppelgrins.

77.

Vier Wochen später muss ich mich von Delphine verabschieden. Sie kehrt nach Frankreich zurück.

Am Bahnhof heulen wir beide um die Wette. Aber ich verspreche ihr, dass ich mir sehr bald wieder das Kanu unserer Nachbarn ausleihen werde. Dann paddel ich bis vor ihre Haustür in Paris ... oder ich fahre mit dem Zug. Das ginge auch.

Dann geben wir uns den längsten Knutschkuss der Welt. Wir kriegen einfach nicht genug voneinander.

Der Schaffner rückt an, macht den Hm-hm-Huster und sagt: »Jetzt ist Schluss mit der Küsserei. Sonst kommen wir zu spät.«

Ich: »Kommen Sie doch sowieso. Ich meine, die Bahn ...«

Er: »Stimmt auch wieder.«

Ich: »Also?«

Er: »Ist okay. Könnt weiterknutschen.«

NACHWORT

Das mit dem Erfolg ist so eine Sache. Man ackert wie verrückt dafür, aber nichts passiert.

Und dann tut man einfach nur das, was einem sowieso Spaß macht, und auf einmal flutscht es auch in Sachen Karriere!

Ich rede übrigens gar nicht von mir. Sondern von den Dudes.

Musti hat (mit Unterstützung seines Dads) eine Firma gegründet. Er veranstaltet an Schulen im ganzen Land *Höhle-der-Möwen*-Shows, wo junge Leute ihre Geschäftsideen präsentieren können. Er ist total erfolgreich.

Mike hat zusammen mit Sacide Günes bei *Jugend forscht* mitgemacht. Irgendetwas mit Einstein und der Relativitätstheorie, das ich nicht verstehe. Sie haben den ersten Preis gewonnen.

Spike ist ebenfalls erfolgreich, obwohl er sich alle Mühe gibt, es nicht zu sein. Seine Ich-bin-ein-Stativ-Fotos sind der totale Instagram-Hit. Er hat Tausende von Followern.

Ich bin übrigens auch erfolgreich. Hat mich selbst überrascht. Vor einigen Tagen hat nämlich ein Mann namens Artur Rena angerufen. Er ist ein Freund von Nicole (die vom Film) und ihm gehört der A. Rena-Verlag.

Nicole hat ihm die Entwürfe für meinen *Faultier Man*-Comic gezeigt. Ich hatte sie beim Film-Set liegen lassen. Mr Rena ist total begeistert und überlegt, meinen Comic zu veröffentlichen.

Ich freue mich drüber. Aber wenn es nicht passiert, wäre es auch nicht schlimm. Ich hab's nicht eilig. Meine Karriere wird schon noch kommen. Wenn nicht heute, dann halt morgen. Oder übermorgen.

Jakob M. Leonhardt

Knapp vorbei ist auch daneben

Felix Rohrbach ist der größte Chaot und Loser, den die Welt je gesehen hat. Nur zeichnen kann er wirklich. Das muss jetzt anders werden, denn Charleen ist auf diesem Planeten aufgetaucht, ein göttliches Wesen von bezaubernder Schönheit. Leider macht Felix auch optisch nicht viel her. Da muss es schon eine Generalüberholung sein, um bei dem Mädchen seiner Träume und in dieser Welt etwas zu bewegen. Doppelstöhn!

160 Seiten • Arena Taschenbuch
ISBN 978-3-401-50550-3

In der Faulheit liegt die Kraft

Felix ist ein Held, ein Genie auf dem Gebiet des Zeichnens und Graffiti-Sprayens. Die Mädchen werfen ihm bewundernde Blicke zu und trotzdem geht irgendwie alles schief. Denn Felix ist immer noch eine sportliche Null und ein hoffnungsloser Fall in punkto gutes Aussehen. Er weiß weder, wie er sich gegen den berüchtigten Fightclub wehren, noch wie er die süße Nina beeindrucken soll. Stöhn und Doppelstöhn!

176 Seiten • Arena Taschenbuch
ISBN 978-3-401-50551-0
www.arena-verlag.de

Jakob M. Leonhardt

Chaos ist das halbe Leben

Neues Jahr, neues Glück. Felix will in Zukunft endlich vernünftiger werden und weniger Chaos anrichten. Schwör und Doppelschwör! Aber was soll man machen, wenn man dazu verführt wird, nachts ein Bad in einem Haifischbecken zu nehmen? Nina findet den Einbruch in den Zoo jedenfalls gar nicht witzig. Stöhn und Doppelstöhn! Stress mit seiner Freundin hat Felix jetzt nicht auch noch gebraucht.

160 Seiten • Arena Taschenbuch
ISBN 978-3-401-50552-7

Erst der Spaß, dann das Vergnügen

Jetzt wird es richtig ernst. Nachdem Felix bei einer Party das Haus seines Mitschülers Jun Yakitori fast zum Einsturz gebracht hat, lädt dessen Vater ihn zu einer Reise nach Japan ein. Dort soll Felix endlich mal lernen, wie man sich richtig benimmt. Wider Erwarten haben Felix und Musti auf ihrem Trip ins coole Tokio jede Menge Spaß. Doch dann verliebt sich Felix in das Loser-Girl Luisa! Wie konnte das bloß passieren?

176 Seiten • Arena Taschenbuch
ISBN 978-3-401-50553-4
www.arena-verlag.de

Arena